노아

신자 0명 여신님과 시작하는 이세계 공략

Clear the world like a game with the zero believer goddess

2

재해 지정 전생 소녀

(illust) Tam-U

오사키 아이루 Isle Osaki

"어, 왔어?"

신자 0명 여신님과 시작하는
이세계 공략

재해 지정 전생 소녀

2

오사키 아이루

《illust》 Tam-U

2. the girl reincarnated as a monster of the disaster class

CONTENTS

"타카츠키는 항상 게임을 하고 있네."

"어?"

구립 히가시시나가와 중학교 1학년 A반 교실.

점심시간에 갑자기 말을 건 사람은 머리를 양 갈래로 묶은 몸집이 작은 여자아이였다.

친구는 아니다. 같은 반이라서 이름은 알지만 이야기한 적은 없었……을 텐데.

중학교에 입학한 지 반년. 나는 초등학교 시절과 마찬가지로 혼자였다.

"아, 미안해. 갑자기 말 걸어서. 방해했어?"

"아, 아니. 그런 건 아닌데……."

정말 그렇다 해도 '방해했다'고 말하지 못한다. 커뮤니케이션 능력이 부족하거든!

참고로 오랜만에 여자아이가 말을 걸어서 두근거린다.

"그거 무슨 게임이야?"

화면을 들여다본다. 남들과 거리감이 별로 없는 애구나.

"음, 이건 최근에 발매된 게임인데…… 사사키는 게임 좋아해?"

이 애의 이름은 '사사키 아야'였을 거다.

작은 동물처럼 파닥파닥 움직이고 잘 떠든다.

엄청난 미인은 아니지만 밝고 대화하기 편하고 웃는 얼굴이 귀여워서 여자에게도 남자에게도 인기가 있다.

당연히 나 같은 어두침침한 게이머와는 접점이 없다.

왜 나 같은 놈한테 말을 걸었을까? 벌칙인가?

"아야~! 가자~!"

친구가 사사키를 불렀다.

"응~."

사사키가 손을 들어 대답한다.

"있잖아, 다음에 게임 얘기 해 줘! 타카츠키!"

내 어깨를 통 하고 가볍게 두드리고 저쪽으로 다다다 달려갔다.

손이 닿은 부근이 조금 뜨거워진 듯한 기분이 든다.

어쩌면 지금 나는 약간 히죽대고 있을지도 모른다.

'뭐였지?'

여자가 말을 건 건 오랜만이다.

긴장했어……. 하지만 사사키는 어쩐지 대화하기 편할 것 같은 타입이었다.

뭐, '다음에 얘기 해 줘.'는 겉치레로 한 말이겠지만.

'그렇게 생각했었는데…….'

"갑자기 집에 쳐들어오는구나……."

"응? 왜 그래?"

"아니, 아무것도 아닙니다."

갑자기 '오늘 한가해?' 라고 묻기에 귀가파인 나는 '매일 한가해.' 라고 대답했다.

'그럼 타카츠키네 집에 가도 돼?' 라고 물으니 거절할 수 있을 리가 없었다.

현재 사사키는 내 방을 보고 "물건이 참 없네~." 하며 두리번거리고 있다.

그리고 내 침대에 털썩 앉았다.

'엥…… 거기 앉는 거야?'

망설임 없이 남자 침대에 앉았다.

"있잖아! 무슨 게임 해?"

다리를 흔들거리면서 이쪽을 들여다본다.

"어…… 최근에 산 게임은 이쪽에 놨는데……."

사사키가 그쪽으로 시선을 돌린다.

"엥~ 1인용 게임만 있어~. 둘이서 하는 게임은 없어?"

항상 솔로 플레이거든! 다른 사람을 안 부르니까.

"다음에 동생 게임 가지고 놀러 올게."

'어? 또 온다고?' 라고 말하지는 못했다.

결국 그날은 내가 가지고 있는 RPG를 함께 플레이했다.

──다음 날.

'또 왔잖아.'

남동생한테서 강탈했다는 게임 소프트를 몇 개 들고.

들기로 사사키는 게임을 좋아하지만 요즘은 동생이 같이 안 해 줘서 동료를 찾고 있었다고 한다.

"여자들이랑 게임 안 해?"

"내 친구 중에는 게임 좋아하는 애가 없거든~."

"흐음. 그럼 게임 좋아하는 친구를 찾아보면?"

"그래서 여기 왔잖아?"

무슨 소리냐는 얼굴로 쳐다본다.

"그러고 보면 그러네."

"그리고 여자들은 파벌이 있으니까 새로 교류를 하려면 여러 가지로 귀찮거든~."

"허, 허어…… 그렇구나……."

오오, 여자들 사회의 어둠인지 뭔지 하는 건가. 인터넷에 떠도는 미신인 줄 알았어.

"타카츠키, 내가 오면 불편해?"

"아니, 전혀. 안 불편해."

처음에는 긴장했지만. 게임 이야기라면 환영한다. 오히려 즐겁다.

그 이후로 한 주에 몇 번씩 사사키가 내 방에서 게임을 하는 것이 일상이 되고.

깨닫고 보니 호칭이 '사사키'에서 '사사'로 바뀌어 있었다.

그리고 중학교를 졸업하고 고등학교에 들어간 후로도 이 관계는 이어졌다.

"있지, 올해 크리스마스에 약속 있어?"

"없는 거 알면서 물어보는 거지? 사사."

최근에는 완전히 마음 편한 사이가 됐다.

"그럼 비워 둬."

"애초에 약속 같은 거 없대도."

뭐, 그렇게 말하면 비워 놓겠지만 말이야.

결국 그때 일정을 비워 놓고 뭘 할 생각이었는지 알 기회는 영원히 잃어버렸다.

"다음 주 스키 합숙 기대되네~."

"으악~ 추운 거 싫은데. 땡땡이 치고 집에서 게임하고 싶어."

"타카츠키는 몸을 너무 안 움직여. 좀 더 운동을 해야 해."

"사사는 운동 좋아했던가?"

"으음, 요즘은 마코토네 집에서 게임하는 게 더 좋으려나?"

귓가에서 소곤거리니 따뜻한 숨결이 귀에 닿는다.

'두근거린단 말이야!'

사사가 헤헤 하고 웃자 얼굴이 붉어지는 것을 느꼈다.

고등학교 1학년 겨울의 추억이다.

——요즘은 사사의 웃는 얼굴을 잊어버릴 것 같다. 마지막으로 본 지 1년 넘게 지났다.

이세계에 오기 직전, 조난한 버스 안에서 대화할 때였다.

"··················."

지금 눈에 비치는 것은 맥캘란 모험가 길드 휴게소 천장이었다.

옛날 꿈을 꾸었다.

'……보고 싶네, 사사.'

이세계에서 재회하지 못한 동급생. 중학교 이후로 유일한 친구.

중학교 시절, 몰래 아주 조금 좋아했던 여자아이.

'이제 다시는 만날 수 없어…….'

그날은 하루 종일 슬픈 마음으로 보내고 말았다.

1장 타카츠키 마코토, 대미궁으로 떠나다

"히이이이이이익!"

[도주] 스킬! [도주] 스킬! [도주] 스킬!

고블린, 오크, 오거 무리가 쫓아온다. 다들 화난 표정이다.

뭐, 거주지에 화염병을 던지면 누구라도 이성을 잃겠지, 응.

그래서 나는 계속 도망쳤다. 멀리 루시가 서 있는 게 보인다.

내 역할은 루시의 사정권 안으로 마물을 끌어들이는 것이다.

"땅 마법 : 큰바위!" "불 마법 : 속성 부여!"

루시가 지팡이를 들어 올린다. 공중에 새빨갛게 불타는 거대한 바위가 나타났다.

""""""!?""""""

마물들이 이변을 알아차리지만 이미 늦었다.

"운석 낙하, 메테오! 전부 날아가 버려라!"

루시 양, 기세등등하군. 참고로 운석 낙하 같은 마법은 없다.

루시가 대충 이름을 붙였다. 아차, 느긋하게 굴 때가 아냐!

[회피] 스킬!

투콰아아아아아아아앙!! 불타는 바위에 의해 마물이 날아갔다.

흙먼지가 피어오르고 폭풍이 모든 것을 후려친다. 남은 것은 거대한 크레이터뿐.

"여전히 위력이 대단하네. 메테오."

"마코토도 수고했어! 오늘은 마물을 50마리 정도 끌어와 줬네. 위험하지 않았어?"

"……하하, 괜찮아."

나는 힘없이 웃었다.

"그럼 길드로 돌아가자! 오늘도 보수 잔뜩 받겠네!"

"그전에 불을 꺼야지."

루시의 마법의 여파가 여기저기 불꽃을 튀기고 있다. 삼림화재를 일으키지 않도록 소화를 한다.

최근에 물 마법은 이럴 때밖에 나설 자리가 없다.

정령 마법 덕분에 물가가 아니어도 물을 쓸 수 있는 건 좋은 점이지만.

딱히 불을 끄려고 정령 마법을 배운 건 아닌데 말이지.

늘 가는 꼬치구이집에서 루시와 둘이서 나란히 저녁을 먹는다.

"아저씨, 에일 하나 더요."

"오냐. 요즘 잘 마시는구나. 마코토."

"요즘 에일 맛을 알게 됐거든요."

쓴 건 여전하지만.

에일은 목으로 넘기는 느낌이 진짜다(라고 누군가가 말했다).

"하하, 에일 맛을 안다면 남 못지않은 모험가로군."

"흐음, 난 에일 별로야."

루시는 과일 칵테일을 마시고 있다. 이전에는 이 가게에 없는 메뉴였지만 주인아저씨가 단골인 루시를 위해 만들어 주었다.

"이봐~ 루시. 여기서 마시자고."

"그런 견습 마법사는 내버려 두고 말이야. 내일은 우리랑 파티 짜자."

"오늘도 마법 대단했어~."

주위 모험가들이 루시에게 말을 걸고 있다.

얼마 전까지는 어느 파티에서도 경원당하던 문제아라고는 생각할 수 없다.

강력한 마법을 쓸 수 있는 마법사는 어느 파티에서건 수요가 높구나.

"나는 마코토 말고는 파티 맺을 마음 없거든!"

루시는 한사코 내가 아닌 사람과는 파티를 짜려 하지 않는다.

"후~."

에일을 반 정도 마셨더니 약간 어질어질하다.

"오, 마시고 있군."

중년 모험가가 말을 걸었다.

"루카스 씨, 수고 많으십니다."

어제는 시메이 호수의 어부를 습격했다는 수룡을 퇴치하고 왔다고 한다.

드래곤은 이세계에 온 이후로 아직 본 적이 없다. 강하겠지.

나도 언젠가 드래곤과 싸울 수 있는 날이 올까? 나는 잔을 쭉 기울여 비웠다.

'……써.'

멍하니 빈 잔을 바라본다.

"이봐, 마코토. 맥캘란의 모험가 길드에서 최단 기간에 아이언 랭크 도달 기록을 경신했으면서 얼굴이 퍽이나 어둡군."

그렇다. 나와 루시는 지금은 아이언 랭크. 세간에서 말하는 중견 모험가다.

"마코토 자식은 루시 마법의 떡고물을 받아먹고 있을 뿐이잖아?"

"견습 마법사 주제에 잘 우려먹고 있지."

"쉿, 너무 크게 말하면 본인한테 들려."

'다 들리는데…….'

나는 [밝은 귀] 스킬이 있어서 쓸데없는 소리까지 포착해 버린다.

험담은 좀 더 멀리서 해 주지 않을래요.

"잠깐! 마코토는 대단하거든! 이상한 소리 하지 마!"

귀가 좋은 엘프 루시가 험담을 한 모험가에게 화낸다.

"됐으니까 내버려 둬."

"하지만……."

루시는 납득이 가지 않는 표정이다.

"저 녀석들은 2년 정도 브론즈 랭크에서 멈춰 있는 무리로군. 마코토에게 질투가 나는 거겠지. 수군수군 험담이나 하다니, 한심하구만."

루카스 씨도 질렸다는 목소리로 동정해 주었다.

"마코토!"

마리 씨가 끌어안았다.

"요즘은 같이 마셔 줘서 기뻐~. 누나는."

"약하니까 두세 잔뿐이에요."

나는 마셔도 전혀 술이 세지지 않더라고. 루시는 제법 세졌는데. 술이 센 것도 스테이터스랑 관련이 있는 걸까?

애초에 술은 별로 좋아하지 않는다. 그런데도 요즘 마시는 건…… 기분 문제다.

"어쩐지 고민이 있는 얼굴이네~. 길드 직원인 이 누나에게 상담해 보렴."

마리 씨가 목에 팔을 두른 채 귓가에서 속삭인다.

"잠깐, 마리! 우리 파티 동료의 상담은 내가 할 거야."

"엥~ 이런 건 연상한테 더 이야기하기 쉬운 법이거든?"

"나도 마코토보다 연상이거든!"

"고작 몇 개월이잖아? 동갑 아니야? 그런데, 슬슬 중급자용 던전도 괜찮지 않아?"

"아, 글쎄! 그런 건 우리끼리 정한다고!"

"아저씨~ 에일 추가!"

마리 씨의 잔이 비는 속도가 너무 빨라!

"나도 한 잔 더!"

루시가 기 싸움을 한다. 너 그러다 곯아떨어진다.

"오오, 인기 좋구나, 마코토."

루카스 씨가 껄껄 웃는다.

최근 루시와 마리 씨의 이런 말다툼이 일과가 됐다.

싸움까지는 아니고, 마리 씨가 루시를 놀리는 느낌이다.

뭐, 옆에서 보기에 인기 있는 것처럼 보이지 않는 건 아니다.

"""""……쳇!"""""

덕분에 남자 모험가들의 시선이 날카롭다.

……하아.

"루카스 씨, 어떡하면 강해질 수 있을까요?"

요즘의 내 고민을 나직하게 말한다.

"으응? 마코토는 충분히 강하잖냐. 그리폰도 잡고, 천 년 전의 키메라도 해치워서 다른 브론즈 모험가들이 부러워하잖아."

이 녀석이 무슨 소리를 하냐는 시선을 받았다.

"그리폰은 장이, 키메라는 니나 씨가 해치웠다고요."

"하지만 네가 없었다면 못 했겠지? 그렇게 들었다만."

"으음, 글쎄요. 저보다 루시의 힘이 컸다고 생각하는데요."

그리폰도 키메라도 루시의 불 마법이 결정타였다.

"파티란 그런 법이거든? 지원과 공격수로 역할이 나뉘는 거야. 어느 쪽이든 중요하지."

"뭐, 알고는 있지만요……."

에일을 비운다.

"아저씨, 한 잔 더……."

"오냐, 과음하지는 마라."

"오늘은 이걸로 끝……낼게요……."

사실은 꽤 많이 취했다. 어질어질하다. 안 되겠군, 자제심이 부족해.

최근에는 공격을 루시에게 맡기고 나는 미끼와 뒤처리(소화)만 하고 있다.

마지막으로 나 혼자서 해치운 강한 마물은 오거 정도일까.

그것도 함정에 빠뜨려서 죽인 느낌이었지만.

"마코토는 지금 레벨이 얼마였지?"

"20이 됐어요."

"모험가가 된 지 1년도 안 됐는데 아이언 랭크에 레벨 20."

"뭐가 불만인지 원."

루카스 씨와 주인아저씨가 어이없다는 얼굴로 마주 보았다.

"불만까지는 아니에요."

나는 내 [소울 북]을 열었다.

"오, 마코토의 소울 북?"

"마리 씨, 멋대로 보는 건 매너 없는 짓이에요."

"난 길드 직원이니까 괜찮거든~. 헤헤헤."

안 되겠어, 완전 취했군.

"으음……. 하지만 레벨 20에 이 스테이터스라. 확실히 너무 낮, 에에에에에에에엑!?"

"왜 그래, 마리?"

루카스 씨도 내 소울 북을 들여다본다.

"여, 여기! 물 마법 숙련도!"

"음~ 어디지…… 어, 99……라고?"

"마법 숙련도를 99로 만드는 녀석은 처음 봤군."

주인아저씨가 감탄한 목소리로 말했다. 세 사람이 변태를 보는 눈으로 나를 쳐다봤다.

"역시 마코토는 대단해!"

왜인지 루시가 가슴을 활짝 펴고 있다.

루시는 내 숙련도가 99인 걸 이미 알고 있다. 하지만 말이야.

"이게 고민거리예요."

"왜?"

마리 씨가 고개를 갸웃한다.

"99로 만들었는데도 별로 강하지 않거든요."

그렇다. 마력이 낮은 나라도 수행만 하면 오르는 숙련도.

최대 숙련도는 99. 이게 끝이다.

결국 마법 정확도와 발동 속도가 다소 올라갔을 뿐. 위력은 여전히 떨어진다.

기껏 노력해서 올렸는데, 솔직히 실망했다.

어쩌면 숙련도 99 한계 도달 보너스를 받을 수 있을지 모른다고 기대했었는데.

"그, 그렇구나. 그럼 정령 마법은?"

"그쪽도 막혔어요."

모처럼 마리 씨한테 정령 마법 책을 빌렸는데.

거신 아저씨에게 들은 '정령을 본다'는 게 전혀 안 된다.

진짜로 내가 할 수 있을까?

"여어, 마코토! 잘 지내냐?"

"루시, 여전히 노출이 많네~."

누군가가 말을 걸었다.

"뭐야, 불만 있어? 에밀리."

이전에 함께 모험했던 장과 에밀리였다.

뒤에 낯선 격투가 남자와 마법사 여자아이가 보인다.

장과 에밀리의 새로운 파티 멤버인 듯하다.

'……이것도 조금 충격이었지.'

나는 틀림없이 앞으로도 이따금 함께 모험을 갈 수 있을 줄 알고 기대했는데.

장과 에밀리는 빠르게도 다른 파티를 짜고 말았다.

아니, 우리가 먼저 말하지 않은 게 잘못이었지만 말이지.

"여어, 장."

"가능하면 같이 밥이라도 먹을까 했는데. 오늘은 만석인 것 같네."

장이 아쉬운 듯이 말한다. 주인아저씨네 꼬치구이집은 좌석이 적다.

나와 루시와 루카스 씨와 마리 씨가 앉아 있고 그 밖에도 손님이 몇 명. 그걸로 만석이다.

"요즘 화려하게 벌어들인다면서."

장이 어깨에 손을 얹고 웃는다. 이렇게 시원시원한 녀석이었던가?

나에게 시비를 걸던 아니꼬운 검사는 이제 없는 모양이다.

"화려한 건 루시야. 나는 후방."

"그렇지는……. 뭐 소문은 들었지만."

뭐라 말하기 어렵다는 얼굴의 에밀리.

그녀는 분위기 파악을 잘한다. 왠지 모르게 내가 기운이 없다는 걸 알아차린 걸지도 모른다.

"그럼 서로 실버 랭크를 목표로 힘내자고!"

장은 밝게 웃고는 다른 가게로 떠나갔다.

격투가 남자와 마법사 여자는 꾸벅 인사를 했다.

듣기로 최근에 모험가가 된 신인으로 장이 챙겨 줬더니 잘 따르게 된 후배 모험가들이라고 한다. 마법검사, 격투가, 마법사, 사제. 좋은 파티구나.

"으음, 장은 마코토와 파티를 짜고 싶어 하는 줄 알았는데."

마리 씨가 말한다. 저도 그렇게 생각했어요.

"싫어. 내가 전에 에밀리랑 같은 파티에서 틀어진 거 알잖아."

루시가 말한다. 확실히 루시는 장의 옛 파티에서 탈퇴했다.

하지만 지금이라면 잘되지 않을까. 루시는 마법을 잘 쓰게 됐고, 에밀리와도 이따금 함께 점심을 먹는 걸 보았다.

'나랑 2인 파티를 하는 것보다 훨씬 좋아 보이는데.'

부정적 사고에 빠지고 말았다. 이거 안 되겠군.

"오늘은 이만 잘게. 루시, 잘 자."

"어? 으, 응. 안녕……."

"내일은 쉬자. 요즘엔 꽤 많이 모았으니."

"그, 그래. 그럼 같이 마을에 쇼핑이라도……."

"내일은 후지양네 가게에도 잠시 들를 거야."

"그렇구나, 알았어……."

나는 터벅터벅 길드 휴게실로 향했다.

"차였네~."

"시끄러워, 마리!"

"좋아, 계속 마시자!"

그런 목소리가 뒤에서 들려온 듯한 기분이 들었다.

──다음 날.

"죄송합니다, 타카츠키 님. 주인님은 오늘 안 계셔서요……."

후지와라 상회의 가게로 갔더니 후지양은 부재중이었다.

대신 응대해 준 니나 씨가 송구한 모습으로 있다.

약속 없이 온 건 미안하군.

"후지양은 몇 시쯤 돌아오나요?"

"그게, 큰 거래가 있다고 하셔서 2, 3일은 안 돌아오실 예정이에요……."

"그런가요."

유감이다. 푸념을 늘어놓을 수 있는 유일한 상대가 부재중이었다. 별수 없지, 오늘은 혼자 고블린 사냥이라도 할까. 그런 생각을 하고 있는데.

"그런데, 타카츠키 님! 이걸 봐 주세요."

생글생글 웃는 니나 씨가 가슴께에서 빛나는 무언가를 보여 주었다.

"골드 배지?"

"네! 타카츠키 님과 아는 사이이신 신의 가호 덕분에 골드 랭크가 되었습니다!"

"그건…… 축하드립니다."

굉장하다. 골드 배지는 길드 지점에서 발행할 수 있는 최고 랭크다.

플래티넘 이상의 랭크는 왕도에 있는 길드 본부에서만 인증할 수 있다.

즉, 니나 씨는 맥캘란 모험가 길드의 최고 수준에 달했다는 뜻이다.

"아니~ 솔직히 제 실력으로는 실버 랭크가 한계라고 생각했는데요. 무슨 일이 일어날지는 모르는 법이네요~."

"아니아니, 니나 씨의 격투기는 대단했어요."

그 발차기 기술이 있으니까 랭크가 오른 거겠지.

"주인님은 지난번에 구한 마석으로 큰 사업을 시작해 보시겠다고 단단히 벼르고 계시고요. 이게 다 타카츠키 님 덕분입니다!"

니나 씨가 활짝 웃으며 칭찬해 준다. 하지만 나는 기쁘다기보다 약간 허무한 기분이 들었다. 다들 순조롭구나. 그에 반해 나는…….

"……그럼, 후지양에게 말 좀 잘해 주세요."

"네! 또 오세요!"

웃는 얼굴의 니나 씨에게 배웅 받으며 후지양의 가게를 나왔다.

오늘의 일정이 없어져 버렸네.

결국 고블린 사냥을 할 기분도 안 들어서 마을 광장에서 수행하며 하루를 보냈다.

루시도 있을까 하고 기대했지만 없었다.

수행 마지막에 일과대로 여신님께 기도를 올린다.

"후~."

드러누워서 내 [소울 북]을 확인한다.

[수명 : 11년]

약간 늘어났다. 매일 마물 사냥을 한 성과겠지.

[물 마법 숙련도 : 99]

한계치다. 한 달 전에 상한치에 달하고 나서는 변화가 없다. 어쩌면 100을 넘길지도 모른다고 생각했지만 이게 최고치인 듯하다.

그 아래로는 바뀐 보람이 없는 낮은 스테이터스가 나열돼 있다.

'뭘까~.'

이세계에 와서 처음에는 두근두근했다.

그 후 신전에서 내 스테이터스가 낮다는 걸 알고 충격을 받았다.

1년간 수행했지만 별로 강해지지 못했고.

그래도 단련한 스킬을 구사해서 어떻게든 모험가를 해 왔다.

최근에는 주위의 평가도 올라갔다.

딱히 큰 문제는 없다. 하지만.

'이런 거였나…….'

얼마 전까지는 즐거웠다.

처음으로 마물을 해치운 일.

처음으로 생긴 별명이 꼴사나웠던 일.

처음으로 동료가 생긴 일.

처음으로 죽을 뻔한 일과, 여신님의 가호를 받은 일.

처음으로 반 친구와 함께 모험했던 일.

전부 자극적이었다. 최근에는·················· 지루하다.

그런 생각을 하고 있었더니 급격하게 졸음이 몰려왔다.

아무것도 없는 장소에 서 있었다. 아니, 아무것도 없다는 말은
실례군.

여기는 여신님의 장소라고 부르자.

"야아, 여신님. 오랜만이에요."

이제 와서 놀랄 것도 없이, 익숙한 동작으로 두 손을 모으고 인
사한다.

최근에는 잘 만나지 못했다. 마지막으로 목소리를 들은 것이
거신 아저씨 때였던가.

"······."

"어라? 여신님?"

대답이 없다 싶어 고개를 들자 엄청나게 가까이에 서 있었다.

어이쿠. 앞머리가 닿을 정도로 가깝다. 그리고 눈이 차갑다.

뭔가 화나게 할 만한 짓을 했던가?

최근에는 안전한 모험밖에 안 한 것 같은데.

"저, 저기~."

"있잖아, 마코토."

"네."

"너는 내 신자지?"

"물론, 매일 기도는 빠뜨리지 않고 있다고요."

"알아. 보고 있으니까."

그렇겠죠. 하지만 여신님의 표정은 차갑다.

"여신의 사명이 뭔지 알고 있을까?"

"……여신님의 사명이요?"

갑자기 이상한 질문을 받았군. 여신 교회에서는 기부금이 많은 사람일수록 구원을 받는다고 한다.

"기부금 모으기인가요?"

"틀렸어! 뭣 때문에 천계 놈들처럼 돈을 모아야 하는 건데! 필요 없어, 그런 거!"

"틀렸나요."

뭘까. 모르겠다.

"멍청이! 여신의 사명은 길 잃은 어린양을 이끄는 거야! 너, 우물쭈물하면서 고민하고 있잖아! 그럼 의논을 하라고! 나한테 의지하라고!"

여신님이 내 머리를 꽉꽉 누르면서 돌렸다. 아프지는 않다. 하지만 그 위치에선 얼굴에…….

"저, 저기. 가슴이 닿는데요."

"일부러 그런 거야."

잘라 말했어! 유혹쟁이 여신 같으니라고!

"으음, 실례했습니다. 여신님."

여신님의 공격(?)에서 거리를 둔다.

이 여신님은 금세 유혹하려 든다니까.

"기도는 매일 올리면서 왜 의논을 안 하는 거야."

"아니, 그건 최후의 수단인가 해서."

신에게 빚을 너무 많이 지는 것도 무섭고.

"괜찮으니까 팍팍 의지하렴. 빚 같은 건 신경 쓰지 말고. 한 명밖에 없는 신자니까."

이자가 비쌀 것 같은데요, 노아 님.

뭐, 하지만 의논할 상대에서 여신님이 빠져 있었던 것도 사실이다.

"그렇다면, 여신님의 힘으로 강하게 만들어 주시는 건가요?"

"응? 난 이미 가호를 내렸잖아? 그 이상으로 도움을 주는 건 무리야."

"으엑~."

그럼 아무것도 해결되지 않는 거 아니냐고 생각하고 있자…….

"하지만 여신은 이런 수를 쓸 수 있지."

여신님이 씨익 웃었다. 그리고 쑥 꺼내서 손에 든 것은.

"또 제 소울 북인가요."

진짜 이 여신님은 손버릇이 나쁘다.

"여기를 요렇게."

뭔가 썼어?

"자, 봐봐."

내 머리를 붙잡고 소울 북을 보여 준다. 글쎄 거리가 너무 가깝다니까요!

"그건 신경 쓰지 말고 여기, 여기."

"으음, 어!?"

──물 마법 숙련도 : 103

"여, 여신님? 이건."

"마코토는 RPG에서 레벨 99까지 올리는 스타일이지? 그래서 최근에는 숙련도가 상한치에 달해서 약간 허탈해져 있었잖아."

꿰뚫어 보고 있었나. 당연한가. 상대는 여신님이니까.

"후후훗, 득이 되는 정보를 또 알려 줄게. 물 마법 숙련도 : 105 정도가 되면 물의 정령이 보여."

"엇!"

그, 그렇게 단순해도 되나?

뭔가 여러 가지로 고민해서 빗속에서 수행을 하거나, 폭포를 맞거나, 물속에서 하루를 보내거나 했었는데!

"어휴~ 그 수행은 의미가 없는데 용케도 하고 있구나 하면서 보고 있었어."

"그럼 가르쳐 달라고요!"

"하핫."

웃었다.

성격 고약해! 아니, 아닌가.

"감사합니다, 여신님."

두 손을 모으고 머리를 조아렸다.

이제 계속해서 물 마법 숙련도를 올릴 수 있어!

"어머, 솔직하네. 응응, 힘내렴."

"이번에는 심하게 벽에 막혔는데, 정말이지 살았어요."

"와~ 기뻐해 주니 다행이야. 아, 하지만 조심할 점이 있어."

"뭔가요?"

곧바로 난제인가?

"아니야. 여신 교회가 발행하는 [소울 북]의 스테이터스는 99가 최고치야. 천계 놈들이 그렇게 정했으니까."

"허어, 그런가요."

"사실 숙련도는 노력한 만큼 오르니까 한계치 같은 건 없어. 수치화되지 않았을 뿐이지. 조금 전에 내가 한 일은 소울 북을 조금 개조해서 100 이상도 수치화할 수 있게 한 거야."

호오, 어쩐지 좋은 이야길 들었군.

노력한 만큼 성과가 있구나. 의욕이 생겼다.

"하지만 소울 북 개조는 성신족의 여신 교회에서 불법으로 치거든. 교회에 들키면 이단 심문 같은 걸 당할 거야."

"어? 잠깐만요!"

"참고로, 태양의 나라 하이랜드와 물의 나라 로제스에서는 사신(邪神) 숭배를 들키면 사형이래. 야만적이지~."

"사, 사형!? 진짜예요!?"

"몰랐어?"

몰랐어요! 교회는 계속 피해 왔으니까.

……앞으로 조심하자.

"슬슬 시간이 다 됐어."

여신님의 모습이 사라지기 시작한다.

"항상 바쁘시네요."

"오, 나랑 좀 더 이야기하고 싶니~?"

"뭐, 좀 더 느긋하게 이야기하고 싶기는 해요."

"후후후. 점점 착한 아이가 되고 있구나. 이대로 나한테 반해
도 좋아."

추파 던지지 마세요. 간담이 서늘하니까.

"맞다! 마지막으로 전할 말이 있어!"

"뭔데요?"

평소처럼 '애매한 지시'일까.

"대미궁 라비린토스로 향하렴. 좋은 만남이 있을 테니."

그렇게 말하며 여신님은 사라졌다.

'어어……. 어쩐지 엄청나게 구체적인 지시가 내려왔는데.'

노선을 바꾼 거예요? 여신님.

◇

"저기, 마코토. 이런 데서 자면 감기 걸려."

눈을 뜨자 눈앞에 루시의 얼굴이 있었다. 주위는 이미 어둡다.

"아아, 미안. 어라? 꽤 오래 잤네."

"뭐 하는 거야. 저녁 식사 시간이 되어도 통 안 오니까……. 걱정했다고."

루시가 화난 듯 슬픈 듯한 표정을 짓고 있다.

"잠깐 여신님을 만나고 있었어."

"엑!? 그렇구나. 무슨 얘길 들었어?"

뭐라고 해야 할까. 조금 망설인다.

소울 북 개조에 대해서는 나중에 살짝 이야기하자.

"대미궁에 가래."

나는 심플하게 내용을 고했다.

"대미궁 라비린토스? 좋네! 좀이 쑤시는걸?"

"루시도 와 줄 거야?"

"어? 아, 안 돼?"

그렇게 울 것 같은 얼굴을 하면 난처한데.

"루시는 여신님의 신자가 아니니까 따를 필요는 없는데?"

"괜찮아! 요즘은 이 근처 마물로는 부족했으니까!"

뭐, 루시의 마법으로 전부 쓸었으니. 마물이 불쌍할 정도였다.

"그럼 길드에 원정 신청서를 내러 갈까."

"응! 마코토, 어쩐지 조금 기운이 났네."

"어? 그래?"

"요즘 침울해 보였거든."

걱정을 끼쳤나. 볼을 긁적긁적 만졌다. 예전과 처지가 뒤바뀌었군.

우리는 나란히 모험가 길드로 돌아갔다.

"뭐엇! 왜 갑자기 대미궁이니!"

마리 씨의 커다란 목소리가 길드 안에 울려 퍼진다.

"던전이라면 다른 곳도 있잖아. 그레이트키스의 [불쥐 계곡]이나, 스프링로그의 [드라이어드의 숲]이나, 로제스라면 [빙호(氷虎)의 동굴]도 괜찮잖아?"

"확실히 보통은 그 정도 중급 던전이 타당하겠지요."

"그래! 그렇게 해야 해!"

"하지만 이미 결정했거든요. 우리는 대미궁 라비린토스에 갈거예요."

마리 씨가 떨떠름한 얼굴을 한다.

"얘, 루시. 마코토에게 뭐라고 말 좀 해 줘."

"우리 파티의 리더는 마코토니까. 난 따를 거야."

어라, 내가 리더였나. 몰랐군.

일단 루시는 찬성해 주는 모양이다.

"마리 씨, 원정 수속을 부탁드려요."

"우우……. 마코토와 루시는 아이언 랭크니까 규정상으로는 문제없지만…… 하아."

구시렁거렸지만 수속은 해 주었다.

뭘까. 대미궁은 추천하고 싶지 않은 걸까.

"오우, 마코토. 대미궁에 간다고?"

"쓸쓸해지겠군."

길드 노점에서 마시고 있던 루카스 씨와 장이 말을 걸었다.

정보가 참 빨리 퍼지는구나~.

"장, 에밀리는 어디 갔어?"

항상 함께 있는 여사제의 모습이 보이지 않는다.

"아까 루시랑 같이 밖에서 밥 먹고 온다고 하더라."

"그러고 보니 루시도 안 보이네."

걔들도 참, 과거의 험악함은 사라지고 완전히 사이가 좋아졌
잖아.

"그래서 언제 출발하냐?"

루카스 씨가 말했다.

"아직 아무것도 안 정했어요. 여기, 에일 하나요."

두 사람의 옆자리에 앉았다. 온 김에 같이 밥을 먹자.

이 가게는 닭튀김이나 철판구이나 맛이 진한 볶음면 등 중화요
리 같은 메뉴가 많다. 꽝꽝 얼린 에일이 뜨거운 요리에 잘 맞는다.

"루카스 씨는 대미궁에 간 적이 있으시죠?"

"당연하지. 골드 랭크 모험가 중에 대미궁에 도전하지 않은 놈
은 없어. 로제스의 모험가라면 한 번은 도전하는 던전이지."

루카스 씨가 커다란 뼈가 붙은 고기 튀김을 씹으면서 웃었다.

"어디까지 가셨어요?" 하고 묻는 장. 나도 궁금하다.

"으음, 대미궁은 보통 던전이 아니야. 10층, 20층씩 있지는 않다. 상층, 중층, 하층, 심층, 최심층, 다섯 개뿐이지. 나는 일단 심층까지 간 적이 있는데…… 마코토는 아직 가지 마라?"

"알아요. 하층보다 아래는 [용의 둥지]죠?"

이건 유명한 얘기로, 물의 신전에서 배웠다.

"그래, 지룡과 수룡, 화룡이 우글우글하지."

"……장난 아니네요."

"하지만 상층의 마물은 비교적 약한 놈이 많아. 주의해야 할 건 미노타우로스 정도지."

"라비린토스 상층의 파수꾼 미노타우로스 말이군요."

"뭐, 지금의 마코토와 루시라면 미노타우로스 한 마리에겐 지지는 않겠지."

루카스 씨는 잔에 가득 들어 있던 에일을 비웠다. 잘 드시네.

"중층에선 어떤 마물이 나오나요?"

"중층은 출현하는 마물 종류가 많은 것이 특징이야. 고블린, 오크, 식인 거인, 좀비, 스켈레톤, 뱀파이어 같은 불사족, 라미아, 아라크네, 하피……. 뭐든 다 나오지."

"하지만 그렇게 강한 마물은 없네요."

장이 말했다.

그렇다면 나도 가능하다고 장은 생각하고 있는 듯하다. 같이 갈래?

"생각이 짧군. 중층의 마물은 전부 '집단'이다."

"지, 집단?"

"집단 속에 보스가 있고, 그놈이 일제 공격과 후퇴 지시를 내리지. 평범한 모험가라면 순식간에 포위돼서 잡아먹힌다고."

"".......""

역시 무섭다. 과연 대륙 최대의 던전인가. 난이도가 높군.

그렇게 집단으로 연계하는 마물은 만난 적이 없다.

사전에 정보를 모아 둬야지.

"주의해야 할 건 그뿐만이 아냐."

"또 있어요?"

"중요한 거야. 대미궁에는 신인 모험가 사냥이 있다."

"음, 건방진 신인을 무서운 선배 모험가들이 괴롭히는 건가요."

그 정도라면 어느 도시에나 있을 것 같은데.

"전혀 달라. 대미궁은 모험가가 동경하는 곳이지. 지방 던전에서 자신감이 붙은 녀석이 애를 써서 좀 분발해서 산 장비로 도전하려고 하겠지? 그걸 사냥하는 거다."

인간 사회의 어둠이 보인다. 마물보다 무서운 건 인간이라는 건가?

"".......""

"돈이 얼마 없는 중견 모험가가 딱 보기에도 비싼 갑옷을 입고 있거나 하면 봉 잡은 거지. 처음에는 친절한 척하며 접근한 놈들에게 인적 없는 곳으로 끌려가서 걸친 걸 전부 빼앗기고 던전에서 마물의 먹이가 되는 녀석들이 널려 있어."

그냥 범죄잖아! 뭐, 던전 내에서는 범죄가 빈번하다고 듣기는 했지만…….

"마코토! 대미궁에 가는 건 포기해!"

완전히 겁먹었는지 장이 나를 만류한다.

아니, 나도 솔직히 의욕이 훅 떨어졌지만.

"하하하, 쫄았으면 관둬라. 나는 대미궁에 도전한다는 모험가에게는 전부 같은 이야기를 하거든."

그런 말을 들으니 고민된다. 중견이라지만 신인보다 약간 나은 정도인 나와 루시.

'하지만…….'

여신님이 드물게도 구체적으로 지시를 내린 거다.

이 이벤트는 놓칠 수 없다. 심지어 새로운 만남! 갈 수밖에 없겠지.

"뭐, 가는 건 포기하지 않을 거지만요."

"그럼 응원하겠다만, 준비는 똑바로 해라. 나도 되는 대로 주의점을 알려 주마."

루카스 씨가 진지한 눈으로 말했다.

"알겠습니다."

이 아저씨에게는 절로 고개가 숙여진다. 모든 맥캘란 모험가 길드 사람들의 아버지다.

그 뒤에도 루카스 씨의 무용담이나 대미궁의 무서운 이야기를 이것저것 들었다.

루카스 씨와 장은 2차를 간다며 가 버렸다. 나는 잠깐 수행이라도 할까 하고 밖으로 나가자마자 마리 씨에게 붙잡혔다.

"잠깐 같이 가자. 마코토."

◇

마리 씨에게 끌려온 곳은 마을 외곽의 지하에 있는[ASAKUSA]
라는 바였다.

이 이름…… 뭐 어때. 분명 이세계에서 온 도쿄 토박이가 주인
이겠지.

""건배.""

그곳은 조용한 가게였다. 길드의 노점이나 [고양이귀]와는 다
른 어른스러운 분위기의 가게. 주위 손님들도 우아하게 술을 즐
기고 있다.

'이런 가게에서 지켜야 하는 매너는 잘 모르는데…….'

일단 바텐더가 권해 준 예쁜 파란색 칵테일을 주문했다. 조금
알코올이 세다. 취기가 오를 것 같다.

"있지, 아까 대미궁 이야기를 루카스 씨한테 물어보고 있었지."

"네, 여러 가지로 가르쳐 주셨어요. 위험한 장소 같던데요."

"꼭 갈 거야?"

"마리 씨는 반대하시는 거예요?"

그 질문에 마리 씨는 대답하지 않았다.

알코올 도수가 세 보이는 칵테일을 비우고는 불쑥 말했다.

"나 있잖아, 남동생이 있어."

"어, 예……?"

처음 듣는 이야기다.

"그런가요. 혹시 모험가예요?"

"그래. 3년 전에 대미궁에 갔어."

"……."

이건 혹시…… 어두운 이야기인가요?

"아이언 랭크가 되자마자 곧장. 빨리 이름을 떨치고 싶다며 힘이 들어가 있었지."

"지금은 뭘 하고 계세요? 동생분."

어쩐지 예상이 가지만, 묻고 말았다.

"몰라. 계속 연락이 없는걸."

"……."

마리 씨는 두 잔째 칵테일을 주문했다. 곧바로 반쯤 마셔 버린다.

모험가인 동생분과 계속 연락이 안 된다……라.

"1년에 한 번은 맥캘란에 돌아와서 얼굴을 보여 주기로 약속했었어. 내 동생 파티도 당시에는 기대되는 신인들이라고 불렸어."

"그랬……나요……."

"아이언 랭크 4인 파티로 그리폰을 쓰러뜨리기도 하고. 당시에는 상당한 쾌거였어. 대단하지 않아?"

"어, 네에."

"후후, 최근에 브론즈 랭크 넷이서 그리폰을 쓰러뜨린 파티가 있지만 말이야. 동생의 기록이 깨져 버렸네……."

으으, 뭐라고 말하면 좋지. 적당한 말이 떠오르지 않는다.

커뮤니케이션 능력이 부족한 사람에겐 빡세다고요. 이런 분위기는.

"마코토, 꼭 갈 거야?"

같은 질문을 받았다. 아니, 이건 질문이 아니지. 말리고 있는 거다.

얼버무려도 되겠지만, 진지한 마리 씨에게 나는 성실하게 대답하고 싶었다.

"대미궁에 갈 겁니다. 하지만 무모한 짓은 안 해요."

"하지만 명성을 손에 넣고 싶은 거지?"

"그런 건 딱히요."

명성은 별로 관심이 없거든. 강한 장비가 있으면 갖고 싶지만.

"거짓말! 대미궁에 가는데 명성이 필요 없다니. 어차피 무모한 짓을 하다가 돌아오지 않을 거야! 모험가들은 다들 그래!"

"마, 마리 씨?"

"이젠 싫다고! 돌아오지 않는 사람을 기다리는 건! 가지 마!"

마리 씨의 큰 목소리에 가게 손님들이 의아한 듯이 쳐다본다.

"뭐야, 사랑싸움인가?" "여자는 미인이지만 상대는 꽤나 애송이로군." "조용히 해 줬으면 좋겠는데." "시끄럽네, 밖에서 떠들어."

주위 손님들의 클레임이 들려온다.

"마, 마스터! 계산해 주세요!"

일단 계산을 마치고 가게를 나왔다.

"으으……."

마리 씨가 훌쩍훌쩍 울고 있다.

누군가의 이름을 중얼거리고 있는데, 동생의 이름일까.

진정시키기 위해 수로 옆의 벤치에 둘이서 앉았다.

한동안 침묵이 이어진 뒤 쭈뼛쭈뼛 말을 걸었다.

"마리 씨. 전 겁쟁이니까 대미궁 상층을 대강 모험하고 나서 바로 돌아올 거예요."

"……왜 그렇게까지 대미궁에 가려는 거야?"

"대미궁에 가려는 건 실은 아는 사람이 있어서예요."

정확하게는 이제부터 알게 될 거지만. 여신님 말에 따르면.

"아는 사람이라니……………… 여자?"

"예? 아뇨아뇨아뇨, 아니에요."

아니겠지? 어떤데요? 여신님.

'……………………'

무시당했다. 만날 사람은 여성인가?

"흐음, 그럼 처음부터 그렇게 말해."

마리 씨의 표정이 돌아온다. 기분이 나아진 것 같다.

"아~ 어쩐지 미안하네. 갑자기 소란을 부려서."

"아뇨, 동생분 이야기를 들었으니까, 마리 씨 입장에선 걱정되는 것도 어쩔 수 없죠."

"으음, 가게를 나와 버렸네. 이제부터 어쩔까?"

"이제 늦었으니까 그냥 집에 가죠."

"엥~ 모처럼 단둘인데~."

내 팔을 끌어안는다. 평소의 마리 씨다. 다행이다.

"있지! 그럼 소란을 부려서 가게를 나온 걸 사과할 겸 우리 집에서 다시 마시자! 요리 만들어 줄게. 나 요리 잘해."

"에, 에에엑!?"

이 시간에 여자 집에 가다뇨.

아니, 인생에서 여자 집에 가는 일 자체가 처음인데요!

"어, 으음……."

어, 어쩌지? 이거, 괜찮나?

"결정했다! 자! 가자가자."

끌어당긴다. 마리 씨도 참, 억지스럽네!

취한 것도 있고 아까 그 이야기를 들은 탓에 완강하게 거부하지는 못했다.

안 간다고 거절하면 마리 씨는 돌아오지 않는 동생을 생각하며 혼자서 마실까.

그건 좀 쓸쓸한 기분이 든다. 조금만 맞장구를 쳐 줄까. 아침까지는 무리지만.

"자아~ 도착~."

아까 갔던 바에서 조금 걸어간 곳에 마리 씨의 집이 있었다.

벽돌로 된 공동주택. 조금 낡았지만 화려한 건물이다.

"자자, 얼른 들어가."

"그렇게 밀지 않아도 걸을 수 있어요……."

흐름에 떠밀려 들어가려는데.

"자, 잠깐, 기다려!"

누군가가 불러 세웠다. 뒤돌아보자 빨강 머리 엘프가 서 있었다.

"루시?"

이런 데서 뭐해?

"켁, 루시."

"잠깐! 우리 마코토를 어디로 데려가려는 거야!"

"워워, 루시. 마리 씨는 동생분이 돌아오지 않아서 쓸쓸한 거야. 너그럽게 봐 줘."

"마리의 동생? 대미궁에서 유명해져서 지금은 왕도에서 화려하게 놀고 있다는 카일 씨 말이야?"

으응? 어째 들었던 얘기랑 다른데?

"마리 씨, 동생분은 돌아가신 거죠?"

"무슨 소리야, 마코토. 마리의 동생인 카일 씨로 말하자면 [황금발톱]이라는 유명한 파티의 일원으로, 왕도에선 밤의 제왕으로 널리 알려져 있다구!"

잉? 어떻게 된 서사? 하고 마리 씨 쪽을 돌아본다.

"우우…… 내 귀여웠던 동생은 이제 어디에도 없어."

우는 척하는 마리 씨가 있었다.

"잠깐! 동생분 멀쩡하잖아요!"

꽤나 걱정했는데! 속았어!

"마코토도 참, 좀 더 의심하란 말이야."

"딱히 거짓말은 안 했어! 조금 말을 애매하게 했을 뿐이야!"

여신님 같은 소리를 하네요. 확실히 죽었다고 말하지는 않았지만 말이지!

"근데 루시는 뭐해? 이런 데서?"

동료 엘프에게 질문했다.

"나, 나는 묵고 있는 숙소가 이 근처야! 그랬는데, 마코토랑 마리의 목소리가 들려서……."

"루시, 스토커니……?"

"아니거든! 이상한 소리 하지 마!"

"으음, 그럼 저는 이제 졸려서 이만 갈게요."

""잠깐 기다려.""

"에엑~."

두 여성에게 양쪽에서 팔을 붙들렸다. 이제 돌아가고 싶은데요.

결국 그날은 마리 씨네 집에서 루시와 셋이서 아침까지 마셨다.

정확하게는, 나는 한 시간 정도 만에 취해서 곯아떨어졌지만.

………………머리 아파.

──맥캘란 동문에서 나가면 있는 광장.

나와 루시는 둘이서 기다리고 있었다.

"여기면 돼?"

"으음, 후지양은 그렇게 말했는데 말이야."

후지양에게 대미궁에 간다고 알렸더니 '그럼 이동 수단은 맡겨 주시오!' 하고 강하게 말했다.

정오에 만나자고 해서 루시와 함께 기다리고 있지만 아무도 올

기색이 없다.

"출발 날짜를 착각해서 알려 준 거 아냐?"

루시가 말한다. 아니, 그럴 리는…….

"약속시간까지 앞으로 5분 정도 남았어."

"하지만 마차 같은 걸 준비해 주는 거면 보통은 벌써 와 있어야 될 텐데?"

"그치이."

전망 좋은 초원에는 아무것도 보이지 않는다.

"뭐, 후지양도 바쁘니까. 어쩌면 뭔가 급한 용무가…… 오?"

"어라?"

갑자기 주위가 어두워졌다. 뭔가 커다란 것이 갑자기 머리 위에 나타났다.

"에에에에에엑!"

루시가 큰 소리를 지른다.

"……굉장해."

그것은 하늘을 나는 거대한 배였다.

커다란 돛이 바람을 받아 잔뜩 부풀어 있다. 흰 선체가 태양 빛을 받아 성스러워 보인다. 그것이 둥둥 떠 있다.

"비공선!?"

"루시. 이쪽 세계에선 배가 나는구나."

"안 날아. 비공선은 왕족이나 군대 정도밖에 안 가지고 있다구…….'

루시는 멍하니 올려다보고 있다.

후지 양은 그런 물건을 가지고 있는 건가. 장난 아니네.

"야호~!"

배에서 누군가가 뛰어내렸어!?

다리뼈가 부러지는 거 아닌가 걱정했지만 그 사람은 화려하게 탁 착지했다.

멋지다. 착지한 사람은 토끼 귀 수인족 여성이었다.

"니나 씨!"

"타카츠키 님, 루시 님. 마중 나왔습니다!"

"후지 양은 어디?"

"선내에 계세요, 아앗! 잠깐, 위험해요!"

후지 양까지 뛰어내렸어?

하지만 니나 씨처럼 자연스러운 낙하가 아니라 뭔가 마법 아이템을 쓰고 있는지 둥실둥실 내려왔다. 그리고 쿵 하고 착지했다.

"후지 양! 장관이네, 이 배."

"후후훗, 그렇지요, 그렇지요. 놀래키려고 비밀로 했었으니까요. 타키 님과 루시 님은 제1호 승객이라오!"

"굉장해~! 이걸로 대미궁까지 갈 수 있구나."

"어쩐지 미안하네. 이렇게까지 해 주다니."

"무슨 말씀이오! 이 배의 동력은 타키 님과 아는 사이인 거신에게 받은 거대한 마석이라오! 그것이 없었다면 이 비공선은 완성되지 못했을 것이오!"

마석이라 할까, 거신의 손가락이라 할까…….

"그렇구나, 그걸 사용하는 건가."

최근에 바빠 보인다고 생각했더니 비공선을 만들고 있었군.

그렇게 시끌시끌 떠들고 있자 마을에서 사람들이 우글우글 모여들었다.

'뭐, 눈에 띄겠지.'

인파 속에 호화로운 마차가 보인다. 마차에서 내린 사람은 고귀해 보이는 여성이었다.

그 여성은 후지양에게 다가가 웃는 얼굴로 인사했다.

"후지와라 님, 이번에 비공선을 완성하신 것을 축하드립니다."

"이런, 크리스티아나 님. 당신의 조력 덕분에 완성할 수 있었소. 앞으로 이 배로 맥캘란을 더욱 발전시킬 것을 약속드리지요."

"든든하네요. 그리고 저를 크리스라고 불러 주세요."

"아니아니, 소생 같은 일개 상인에겐 너무 황공하오."

"무슨 말씀이신가요. 우리 사이에."

어쩐지 이야기에 열중해 있다. 후지양이 아는 사람인가?

"저기, 루시. 후지양과 이야기하고 있는 사람은 누구야?"

"어? 마코토, 몰라?"

루시가 놀랐다. 혹시 유명인인가?

왠지 모르게 신분이 높아 보이는 사람이라는 건 알겠지만.

"맥캘란 영주의 차녀입니다. 크리스티아나 맥캘란. 주인님을 노리는 약삭빠른 여자예요."

니나 씨가 불쾌한 듯이 말한다.

헤에, 영주님 딸인가. 즉, 귀족이란 뜻이군. 과연 후지양, 거물과 아는 사이구나.

그리고 니나 씨가 뻔히 보이게 질투하고 있다. 인기 많네.

"후지양 씨는 역시 인맥이 넓구나!"

루시는 한가롭게 감탄하고 있다.

"주인님, 슬슬 출발하셔야죠?"

니나 씨가 후지양을 재촉한다.

"오오, 그랬지요. 그럼 크리스 님, 이야기는 돌아왔을 때 계속하지요."

"네, 여행의 선물로 멋진 이야기를 가져와 주시길 기대하고 있겠습니다."

영주의 딸은 후지양의 손을 잡고 생긋 미소 짓고 있다.

"주인님~ 가요."

그걸 보고 울컥한 니나 씨가 후지양의 팔을 끌고 간다.

"니나 씨, 가는 길에 후지와라 님을 잘 부탁드릴게요."

이때 크리스 씨가 미소 지은 채로 니나 씨에게 말을 걸었다.

"네에, 물론. 아무도 손가락 하나 못 대게 할 겁니다."

니나 씨는 생긋 하고 크리스 씨에게 마주 웃었다.

""후후후후.""

겉보기에는 사이좋은 듯이 웃고 있다. 하지만 보이는 게 다가 아니겠지.

'오오, 무섭다 무서워.'

이쪽에서는 후지양의 얼굴이 안 보인다. 어떤 얼굴을 하고 있을까, 인기남 같으니라고.

이세계 하렘이나 만들고 말이야!

"그럼 루시, 갈까."

"응, 기대돼!"

우리는 하늘을 나는 배에 올라탔다.

◇

"우와~ 높아~. 빨라~."

루시가 뱃머리에서 팔을 펼치고 바람을 한 몸에 받고 있다.

타○타닉이야? 그거 위험하지 않나.

"루시 님! 너무 아슬아슬하게 서 있으면 위험해요."

역시 니나 씨에게 주의를 받았다.

나는 난간에 기대 하늘 여행을 즐겼다. 바람이 기분 좋다.

"승선감은 어떻소? 타키 님."

"조용하네. 거의 흔들리지도 않고."

"동력이 마법이니까요. 방호 마법 덕에 바람에 흔들릴 걱정도 없다오."

후지양이 자랑스럽게 말한다.

확실히 이건 자랑해도 된다. 진짜 대단하다.

"그런데 이 배는 누가 운전해?"

"이 비공선 조종을 위해 고용한 수인족 선원들이지요. 저쪽에 날개가 달린 수인들이 있지요?"

그 말대로 선내에는 드문드문 등에 날개가 달린 수인이 있다. 참고로 모두 여자다.

'후지양의 취향이 드러나는군.'

"아니, 그건 우연이오."

[독심] 스킬로 마음을 읽혔나.

"후지양, 거짓말하면 안 돼."

"……뭐, 여성을 채용한 건 소생이 맞소."

깨끗이 자백했다. 후후, 훤히 보이거든!

"후지양은 호색가가 됐구나. 아까는 크리스 씨한테 인기 폭발이었던 주제에."

고등학교에서는 서로 여자와는 인연이 없다고 한탄했었는데. 변해 버렸군.

그때 후지양이 얼굴을 굳혔다.

"크리스티아나 님의 일은 여러모로 복잡해서 말이오."

후지양은 맥캘란 가의 집안 사정을 이야기했다. 현재 맥캘란의 영주에게는 딸이 세 명 있고, 후계자가 정해지지 않았다고 한다.

"보통은 장녀가 뒤를 잇지 않아?"

"그건 집안에 따라서 다른 모양이오. 맥캘란의 영주님은 마을 발전에 가장 공헌한 자가 후계자가 될 거라고 말하고 있다 하오."

"과연, 그래서 크리스 씨는 실적이 필요하니까 후지양과 사이좋게 지내고 싶은 거구나."

"주인님의 재산이 목적이라고요! 지금은 영주보다도 더 부를 축적했다는 소문이 도는 주인님이니까요!"

니나 씨가 대화에 끼어든다.

아마 그 긴 귀를 기울이고 있었던 모양이다.

잘 생각해 보면 루시도 니나 씨도 귀가 좋으니까 말을 섣불리 하면 안 되겠군.

귀 밝은 여자들 같으니!

"이 비행선은 만드는 걸로 끝이 아니라 항로를 확보해야 해서, 이권을 가지고 있는 분들에게 잘 이야기해 놓지 않으면 사업을 할 수 없었다오."

후지양이 머리를 긁으며 설명해 준다.

"하지만 고생해서 교섭한 덕분에 대륙 최초 공중 여객선을 실현할 수 있었죠!"

니나 씨가 흥분해서 말한다.

"하지만 그 여자한테 큰 빚을 지고 말았어요……."

"니나 님, 우리 스폰서를 나쁘게 말해선 안 되오."

후지양이 니나 씨를 나무란다.

"힘들겠네."

사업도 여자 관계도.

"저기! 그런데 이 배 이름은 뭐야?"

루시가 대화를 중간에 끊고 묻는다.

"후후후, 좋은 질문을 해 주셨소!"

후지양은 화제를 바꾸고 싶었는지 기분이 좋다.

"이 비공선의 이름은 세인트 카논 호! 대륙의 하늘을 달리는 하얀 날개라오!"

"헤에, 멋진 이름이네!"

"역시 주인님!"

루시와 니나 씨가 칭찬한다.

'세인트…… 성(聖)스러운 카논이라…….'

아마 후지양이 좋아했던 미소녀 게임의 히로인 히지리(聖) 카논에게서 따왔겠군.

그런 생각을 하다가 후지양과 눈이 마주쳤다. 눈을 피했다.

"좋은 이름이네."

"뭐, 좋지 않소이까."

좋은 이름이라고 생각해, 진짜로.

"이 배는 마물한테 습격당하거나 하진 않아?"

루시가 묻는다.

"좋은 질문이오. 이 비공선의 거대한 동체는 마물 대책이라오. 앞으로 여객선으로 사용할 예정이라 방을 확보할 필요도 있었지만, 비룡이나 그리폰이라도 공격하지 못할 만큼 크게 만들었으니까 말이외다."

과연. 승선 인원 확보뿐만 아니라 그런 이유도 있었나.

"그런데 드래곤도 막을 수 있어?"

마물의 정점인 드래곤은 두려움을 모르고 모든 것을 파괴한다고 들었다.

"드래곤의 영역만큼은 피하도록 항로를 계산해 두었지요. 배 전체에 방호 마법을 걸어 두었고, 선원인 날개 종족들은 전투원이기도 하니까 말이오. 만약 마물이 공격해 오면 싸워 줄 거라오."

"오오~ 생각 많이 했네."

그렇다면 안심할 수 있을 것 같다.

"대미궁에 도착하기까지는 얼마나 걸릴까?"

"앞으로 약 하루겠구려. 내일 아침에는 도착할 거라 생각하오."

"굉장해~. 마차로는 맥캘란에서 일주일은 걸리는데."

"아무것도 우회하지 않고 직진할 수 있으니까요. 당연하다오."

멋지네!

"그럼 선내를 안내하겠소! 밤에는 호화로운 저녁 식사도 준비되어 있다오."

"와아~."

루시는 어린아이처럼 방방 뛰고 있다.

솔직히 나도 똑같이 방방 뛰고 싶었다.

우리는 한동안 하늘 여행을 즐겼다.

2장 사사키 아야, 이세계에서 눈뜨다

◇ 사사키 아야의 시점 ◇

……춥다. 나, 사사키 아야는 난방이 꺼진 버스 안에서 떨고 있었다.

——왜 이렇게 된 걸까…….

큰 눈 속에서 버스 난방은 멎고, 깨진 창문 틈새로 냉기가 끊임없이 들어온다.

손이 곱는다. 숨결이 하얗다. 폐가 괴로워질 만큼 공기가 차갑다.

누구라도 이런 걸 버틸 수 있을 리가 없다.

'그럴 텐데~. 어떻게 타카츠키는 이런 와중에 게임을 할 수 있는 건지.'

중학교 때부터 동급생인 친구는 마치 점심시간과 다름없다는 듯이 게임을 하고 있었다.

아까까지는 옆자리의 후지와라와 바보 같은 이야기를 하고 있었던 모양이지만 지금은 조용하다.

아마 후지와라는 말할 기운도 없는 거겠지.

눈보라 소리와 타카츠키가 게임 버튼을 타닥타닥 조작하는 소리만이 들린다.

'마지막으로 무슨 말이라도 해 줄까.'

저기~. 게임만 하지 말고 잠깐만 이쪽을 봐.

사실은 춥지? 너 좀 떨고 있거든?

'으음, 좀 더 귀엽게 말하는 게 좋을까?'

그 게임 재밌어? 난 RPG는 잘 못하거든~.

또 같이 게임 하고 싶었는데.

'타카츠키네 집은 부모님이 맞벌이라서 밤늦게까지 혼자니까 마음대로 게임할 수 있어서 부러웠지.'

……타카츠키.

…………있잖아.

………………이쪽 좀 봐.

…………………한 번 더, 목소리를 들려줘…….

머릿속에 떠오른 말은 아무것도 내보내지 못하고.

'아, 안 되겠어…….'

내 의식은 어둠에 가라앉았다.

눈을 떴을 때는 어둠 속이었다. 새카맣다. 아무것도 보이지 않는다. 하지만 의식이 있다.

'어, 이게 뭐야. 무서워.'

손이 움직이지 않는다. 다리도 움직이지 않는다. 마치 존재하지 않는 것처럼.

'나, 살아 있나? 죽었나?'

아, 몸이 움직였다. 괜찮아, 살아 있을 거야.

'하지만 어쩐지 이상한 기분이야.'

몸을 뒤척였더니, 마치 몸이 두 바퀴 정도 꺾인 듯한 착각을 느꼈다.

내 몸이 굉장히 길어진 듯한 느낌이 든다.

'……기분 탓이겠지만. 아무튼 여기가 어딘지 누군가에게 물어봐야 해.'

정신을 잃기 전의 기억을 되짚는다. 나는 버스에 타고 있었고, 조난당했다.

그러니까 여기는 병원일 거다. 아니, 틀렸다.

여기는 그런 곳이 아니다. 어쨌거나 나가야 해!

잘 알 수 없는 충동에 떠밀려 나는 몸을 크게 움직였다.

──철퍽.

귀에 거슬리는 소리가 났다. 무언가를 깨뜨리고 나는 바깥으로 튀어나갔다.

'역시 어두워. 아무것도 안 보이네.'

조금 전 같은 완전한 어둠은 아니고 드문드문 빛이 보인다. 하지만 여기가 어딘지는 판단이 되지 않는다. 멍한 머리로 기어서 앞으로 나아간다.

"오, 자매들 중 가장 빠른 건 너냐, 나의 아이야."

목소리가 바로 위에서 들렸다. 소리가 나는 쪽을 올려다본다.

거기에는 헐리우드 여배우 같은 금발 벽안의 거대한 미녀가 있었다.

미인이지만 조금 성격이 셀 것 같은 인상의 여성이다.

그리고 처음 보는 얼굴이다.

"귀여운 나의 아이. 얼굴을 보여 주렴."

아니아니아니. 우리 엄마는 좀 더 일본인스러운 얼굴이고, 몸집이 작고 수수한 사람인데요?

거리에서 스쳐 지나면 열 명 중 열 명이 돌아볼 것 같은 이런 화려한 미인이 아니라고!

이 사람의 신체는 서구인처럼 볼록, 잘록, 볼…… 어라?

이 사람, 피부가 너무 창백하지 않아?

……이 사람, 옷을 안 입고 있네?

……이 사람, 하반신이…… 이상하지 않아?

뭔가 그, 비늘 같다고 할까, 다리기 없다고 할까…….

"오, 네 자매들도 눈을 뜬 것 같구나."

내 자매들……? 나는 장녀고 밑으로는 남동생 넷이 있다.

옛날에는 자주 같이 놀았지만 크고 나자 누나와는 놀아주지 않게 됐다.

최근에는 소원해져서 조금 쓸쓸했다.

'뭣보다, 동생이 게임을 같이 해 주지 않게 됐으니까.'

옛날에는 뭐든지 누나랑 함께! 라는 느낌이었는데.

그런 푸념을 타카츠키한테 자주 했던가? 그러고 보니 타카츠키는 무사할까?

마지막에 게임을 플레이하던 모습이 기억에 되살아났다. 정말이지, 항상 게임만 하고 있다니까, 후후.

그런 생각을 하면서 뒤를 돌아보았다. 특별히 깊게 생각하지 않고.

그래서 내 뇌는 눈앞에 펼쳐진 광경을 올바르게 인식하지 못했다.

──그곳에는, 많고도 많디 많은 자매들이 있었다.

그것은, 사지가 없고.

지면을 기고.

축축한 표피와 가늘고 세로로 긴 눈을 가진.

날름날름 혀를 내미는

────────────뱀이었다.

그것이 온통 주위에…… 뱀.

보이는 곳 모두, 뱀에 둘러싸여 있었다.

"히익!"

나는 비명을 질렀다.

그 광경을 뇌가 받아들이지 못하고 의식이 멀어지는 것을 느꼈다.

다만, 의식을 잃으면서도 어렴풋이 깨달았다.

나는 뱀이 된 것이다. 뱀 괴물이.

'아아, 하느님. 이건 너무하지 않나요?'

◇수개월 후◇

친애하는 아버지, 어머니, 동생들에게.

잘 지내요? 저는 잘 지내요. 먼 이세계에서 열심히 살고 있어요. 다만 기분은,

'최악이지만……'

나는 뱀으로 다시 태어났다. 악몽이라고 생각했지만 꿈이 아니었다.

최근 알게 된 것.

여기는 지구가 아니다. 어쩌면 아직 발견되지 않은 정체불명의 생명체로 환생한 걸지도 모르지만. 이런 생물은 지구에는 없을 거다.

지금 내 종족은 라미아족이라고 하는 모양이다. 이건 나를 낳은 듯한 [대모(大母)님]에게 들었다. 최근에는 하루 종일 뱀에 둘러싸인 생활에도 익숙해져 버려서 나 스스로가 무섭다.

파충류를 질색하지 않는 여자라서 다행이다. 그리고 예전과 가장 다른 점은…….

"있잖아, 아까 그 개구리 맛있었지~." "나는 벌레를 더 좋아하는데." "지렁이는 맛없지 않니." "조금 흙냄새가 나지~."

태어났을 때는 그저 작은 뱀이었던 자매들이 지금은 상반신이 귀여운 여자아이가 되었다. 대화는 전혀 귀엽지 않지만. 뱀이나 벌레를 먹는다니까!

나도 지금은 그냥 뱀이 아니다. 몇 번인가 탈피를 거듭해서 인간 같은 상반신을 얻었다.

"자, 애들아. 밥 먹을 시간이야."

우리 막내들의 식사는 언니들(라미아)이 가져다준다.

대모님은 기본적으로 움직이지 않는다고 한다. 무리의 보스이고 기둥이니까 말이야!

아버지는 없는 것 같다. 한 번은 언니에게 아버지는 없냐고 물어봤더니 무서운 얼굴로 '그 말은 대모님 앞에서는 안 하는 게 좋아.' 라고 했다. 뭔가 사정이 있는 걸까?

아무튼 밥이다. 우리는 생후 몇 개월 밖에 안 됐다. 한창 많이 먹을 때다.

막내인 우리는 맨 먼저 밥을 먹어도 되지만…….

생쥐, 개구리, 도마뱀, 거미, 나방 유충, 작은 새, 붕어 같은 물고기, 그리고 나무 열매 같은 것이 산더미처럼 쌓여 있다.

""""와아~."""""

자매들은 무리 지어 다가간다. 그 모습을 곁눈질하며 나는,

'이건 먹을 수 있으려나⋯⋯.'

일단 나무 열매 같은 것을 골라 아작아작 먹었다. 하지만 이것만 먹어서는 영양이 불균형해진다. 어쩔 수 없이 달리 뭔가 먹을 수 있을 듯한 게 없는지 둘러 보았지만⋯⋯.

'하아⋯⋯ 무리야.'

라미아족은 불을 쓰거나 조미료를 쓰는 습관이 없다. 기본적으로 식재료를 통째로 삼킨다.

생쥐나 개구리를 날름 삼키고 있는 자매들을 곁눈질하며 나는 그나마 먹을 수 있을 것 같은 작은 물고기를 깨물었다. 으으, ⋯⋯맛없어. 일단 몸은 라미아족 표준 체질이라서 먹을 수 있지만 전생의 기억과 비교하면 어마어마하게 맛없다.

어느 날.

'어라? 자매들이 뭔가를 옮기고 있네?'

마대 같은 것에 무거워 보이는 생물이 담겨서 운반되고 있었다. 아무래도 대모님에게 가져가고 있는 모양이다. 전에도 비슷한 장면을 본 적이 있다.

귀중한 식재료는 어머니에게 운반된다.

지난번에는 커다란 소 같은 동물이 운반되었다. 이족 보행이었지만.

"미노타우로스라고 해! 저걸 해치울 수 있는 건 큰언니 정도밖에 없어!"

라고 자매들이 자랑스럽게 이야기했던 기억이 있다.

큰언니란 우리의 리더 격으로 어머니 다음으로 높은 듯하다.

우리 가족의 No.2다.

"대모님, 좋은 물건이 들어왔습니다."

마대가 열린다.

'퀙!'

"×××××××××——!?!!?!"

마대에서 나온 것은 갑옷을 입은 인간 남자였다. 말은 알아들을 수 없지만 무슨 소리를 지르고 있다.

"기운이 좋구나."

대모님은 긴 몸으로 인간을 휘감더니 다정하게 머리를 쓰다듬었다.

인간의 얼굴은 공포로 새파랗게 질려 부들부들 떨리고 있다.

대모님은 히죽 웃고, 다음 순간 한입에 인간을 삼켜 버렸다.

"어?"

……지, 지금. 대모님이, 인간을…… 먹……었어?

'아아아…… 아아아아아앗…….'

나는 머리를 얼싸안았다.

이 세계에는 마물밖에 없는 거 아닐까 하고 의심했지만 인간도 있는 세계였다.

그리고 아무래도 우리 종족은 인간을 포식하고 있는 듯하다.

"인간은 어떤 맛일까?" "엄청나게 맛있대." "언니들은 먹은 적이 있는 것 같아~." "부럽다~." "우리도 빨리 사냥하러 가고 싶어, 그치."

자매들의 천진난만한 목소리가 들려온다. 대화하는 내용은 최악이었지만.

"하아…… 인간과 함께 사는 건 무리인가……."

이곳이 인간이 사는 이세계라면 몰래 둥지를 빠져나가서 인간의 마을에 갈 수 있지 않을까 생각했었다. 왜냐면 여기 밥은 맛이 없으니까!

하지만 아까 그 인간이 겁먹던 모습. 그리고 인간을 통째로 삼켜 버린 대모님.

공존은 절망적이다.

"기운이 없는데, 왜 그러니?"

한숨을 쉬고 있는데 큰언니가 말을 걸었다.

"아, 아니요. 저도 슬슬 밖으로 나가고 싶어서요."

당황해서 대충 얼버무린다.

"흐음. 너는 막내들 중에서 가장 빨리 부화했다고 했지. 확실히 너희도 슬슬 자기가 먹을 건 자기가 사냥할 수 있는 시기구나."

오? 혹시 여기서 나갈 수 있나? 사실 나는 아직 이 둥지에서 밖으로 나간 적이 없다.

거처는 어둑어둑한 동굴 같은 장소로, 넓이는 충분하지만 바깥은 위험하다면서 내보내 주지 않았다.

"내일은 너희들의 첫 외출일로 할까. 다른 자매들에게도 전해 두렴."

큰언니는 그 말을 남기고 떠나갔다. 어라? 내가 모두에게 알려야 하는 건가. 귀찮네. 하지만 밖으로 나가는 건 기대돼!

"와아~ 굉장해~." "집 밖은 넓구나~." "커다란 호수! 큰언니, 헤엄쳐도 돼요?"

자매들은 왁자지껄 떠들고 있다. 나는 바깥 풍경에 정신이 멍해져 있었다.

"후와아아……."

우리의 거처는 커다란 폭포 뒤편의 동굴이었던 모양이다. 출구에 가까워짐에 따라 촤아아 하고 대량의 물이 부딪치는 소리가 들린다. 물보라가 안개가 되어 근처는 희게 어두웠다.

동굴에서 그냥 밖으로 나가려고 하면 용소에 빨려 들어가 버리기에 옆에 있는 샛길을 이용해 밖으로 나간다.

"나이아가라 폭포?"

실물은 본 적 없지만 시야 가득 쏟아지는 물의 벽이 우뚝 솟아 있는 모습은 예전 세계의 '세계 3대 폭포'를 떠올리게 했다.

거대한 폭포는 커다란 호수를 만들어 내고 있다. 지하에 이런 거대한 지저호가 있다니!

굉장해, 대단해! 이세계는 대단해!

"얘들아! 멍하니 있지 말고 어서 이리로 오렴."

큰언니의 재촉에 절경을 감상할 틈도 없이 이동했다.

"여기가 너희의 사냥터야."

큰언니가 가르쳐 준 장소는 지저호 근처, 딱 폭포수가 튀지 않는 트인 장소였다.

""""와아~.""""

자매들은 멋대로 흩어진다.

"너무 멀리 가면 안 된다! 수심이 깊은 곳에는 마물이 있으니까!"

'우리도 마물인데요?' 하고 생각했지만 가만히 있자. 눈치 없게 굴지 말고.

나는 바위 위를 통통 점프해서 건넜다.

물고기라도 있을까 했지만, 수면은 폭포에서 떨어지는 물로 물결치고 있어서 물속이 잘 안 보인다. 문득 위를 올려다보니 광대한 지저호 주위에는 한없이 거대한 폭포에서 물이 계속 떨어지고 있다. 더 위에서는 태양 빛이 내리쬐는 것이 보였다.

아무래도 이 위는 트여 있는 모양이다.

오랜만에 햇빛을 멍하니 바라보고 있자 그 속을 검은 그림자가 두둥실 날고 있는 것이 보였다. 커다란 새일까? 그 검은 그림자는 원을 그리듯이 고리를 만들며 날고 있다.

"애들아! 어서 둥지로 돌아가라!"

큰언니의 초조한 목소리가 들렸다.

"하피야!"

어? 하고 생각했을 때는 이미 늦었다.

"끼아아아아아아아아아."

그것은 괴성을 지르며 돌진해 왔다. 상반신은 여자, 하반신은 새인 괴물이다.

"엑! 에에에에에에엑!"

깨닫고 보니 나는 하피의 발에 몸이 붙들려 높이 옮겨지고 있었다.

"어서 모두 거처로 돌아가. 저 애는 이미 틀렸어!"

으앗! 그건 내 얘긴가! 잠깐, 포기가 너무 빠르지 않아? 큰언니!

"히히히힛."

나를 붙잡고 있는 마물은 여자 얼굴에 새의 몸을 가졌다. 아름다운 얼굴을 심술궂게 일그러뜨리며 웃고 있다.

젠장. 나를 어린애라고 얕보고 있군.

"에잇!"

나를 붙잡고 있는 갈고리발톱을 억지로 비틀어 벌린다.

뭐야, 얘 힘 완전 약하잖아!

"엑!?"

하피가 놀라는 사이에 나는 상대의 몸을 휘감았다.

그대로 꽉꽉 졸랐다.

"노, 놓아라!"

바보, 놓을 리가 없잖아. 서로 얽힌 채 지저호로 떨어진다.

그대로 물속에 빠졌다. 조금 난폭하지만 무사히 탈출할 수 있었다.

'좋아, 도망치자!'

나는 물속을 스르르 헤엄쳐 폭포 뒤편의 거처로 향했다.

"끼야아아아아아아악."

뒤에서 비명이 들려서 돌아보자 조금 전 그 하피가 커다란 악어 같은 마물에게 먹히고 있었다. 가엾은 하피는 물속에 끌려들어 갔고, 그 뒤에는 여기저기 흩어진 깃털과 붉은 피만이 떠돌았다.

'에에에에엑! 뭐야 저거! 무서워! 저런 게 있었어?'

나는 크게 당황해서 자매들에게 합류했다. 돌아갔더니 첫 사냥에서 하피를 죽였다고 모두에게 칭찬받았다. 아니, 하나도 안 기쁘거든! 대체 뭐야! 이 세계는~!!

"하아…….'"

하피를 상대로 사투(?)를 펼친 다음 날. 전력이 된다고 여겨졌는지 나는 큰언니 일행과 함께 사냥에 따라갔다. 사냥은 꽤나 신경을 곤두세우게 된다. 거처 밖에는 위험한 마물이 잔뜩 있으니까! 하지만 오크나 고블린 따위를 언니들과 함께 해치웠다.

오늘 사냥도 힘들었어…….

""""굉장하네~."""""

동갑인 자매들이 존경의 눈으로 나를 본다. 아니, 하나도 안 기쁜데요. 난 싸움 같은 거 싫어하는데. 하지만 아무래도 나는 보통 라미아에 비해 강한 모양이다.

대모님에게서 '네 스테이터스는 다른 아이들에 비해 상당히 높구나.' 라는 말을 들었다.

'스테이터스가 뭐지?'

대모님에게는 무언가가 보이는 모양이지만, 가르쳐 주지 않았다.

큰언니에게 사냥 훈련을 받는 나날이 흘렀다.

사냥이 끝나고 자유로운 시간에는 폭포 뒤편 틈새로 대폭포를 바라본다.

여기는 희미하게 햇빛이 들어온다. 어둑어둑한 잠자리보다 마음이 차분해진다.

무엇보다 장대한 풍경과 커다란 물소리가 개운치 않은 마음을 날려 준다.

첨벙, 하고 커다란 소리가 나서 쳐다보니 거대한 뱀이 수면에 얼굴을 내밀고 있었다. 큰 바다뱀, 시 서펜트다.

'왜 시 서펜트가 호수에 있는 거야!' 같은 멋없는 태클은 안 건다. 여기는 판타지 세계다.

참고로 시 서펜트는 라미아족과 같은 뱀이라서 적대하지는 않는다.

하지만 그건 드문 경우고, 기본적으로 던전 내부는 적투성이다.

아라크네, 하피, 리자드맨, 오크, 오거. 이 지저호는 마물들의 휴식처인지 많은 마물들이 영역싸움을 하고 있다. 특히 라미아족과 사이가 나쁜 것은 하피. 같은 반인반마물이니까 사이좋게 지내면 좋을 텐데.

듣기로는 '하피의 여왕'과 우리 대모님 '라미아의 여왕'은 견원지간이라서 오랜 옛날부터 계속 싸워 왔다고 한다.

"타카츠키가 좋아할 것 같은 세계관이야……."

게임을 좋아하는 반 친구를 떠올렸다. RPG를 각별히 사랑했었지.

이 세계에 오면 분명 크게 기뻐할 거야.

──사사! 던전 안쪽으로 탐색하러 가자!

'아아…… 타카츠키라면 그렇게 말할 것 같아…….'

중학교 시절부터의 친구를 떠올리고 문득 웃고 싶어졌다.

타카츠키는 어쩌고 있을까. 혹시 어딘가의 마물로 환생했을까? 그런 감상에 빠져 있는데.

"캬아아아아아아아악."

커다란 비명이 들렸다.

'아, 고블린이 시 서펜트에게 끌려들어 가고 있네.'

판타지 세계인 주제에 살벌하네.

하아……. 잠자리로 돌아가자.

"인간화 마법?"

다시 몇 개월이 흐르고, 같은 세대 자매들과 함께 사냥하는 것도 익숙해졌을 무렵.

큰언니들에게 재미있는 이야기를 들었다. 아니, 낭보라고 할 수 있다.

"우리가 인간을 사냥할 때, 정직하게 그대로 덮치면 이쪽이 죽는 경우가 있어. 그 녀석들은 강한 정도가 제각각이니까. 약한 인간도 있고, 말도 안 되게 강한 놈도 있지."

흠흠.

"그러니까 사냥할 때는 [인간화 마법]을 써서 상대를 방심시키렴. 이런 식으로 말이야."

큰언니가 웅얼웅얼 복잡한 발음을 하더니, 눈 깜짝할 사이에 피부가 창백한 미소녀가 나타났다.

오오오오옷! 굉장해! 인간으로 변신했어!

제대로 다리가 달렸고, 라미아로 보이는 요소는 찾을 수 없다.

참고로 알몸이다.

"인간으로 변신할 때는 뭔가 천을 두르고 가야 해. 아무것도 안 입으면 놀라니까."

당연하잖아! 라고 생각했지만, 자매들은 """그렇구나~.""" 하고 감탄하고 있다.

이게 종족 차이인가……. 하지만 이건 쓸모 있지 않을까!?

[인간화 마법]을 마스터하면……. 나는 곧장 큰언니에게 부탁해서 [인간화 마법]을 배웠다.

"넌 요령이 있구나."

큰언니가 감탄한 듯이 말했다. 자매들이 [인간화 마법]에 애를 먹고 있는 것과는 다르게 나는 깔끔하게 성공했다.

"인간을 이미지하는 건 어려워~."

"제대로 본 적도 없고~."

"다리라는 건 어떻게 생긴 거야."

나는 자매들을 가르치는 담당이 되었다.

뭐, 나는 원래 인간이었으니까. 이것만큼은 전생에 감사한다.

'아니, 사실은 현생도 인간이었으면 좋았겠지만…….'

"그럼, 너희도 슬슬 인간을 사냥하러 가 보겠니?"

큰언니가 말했을 때는 초조했다. 이, 인간 사냥!?

"아, 아니요, 사실은 저, 밖에서 인간에게 습격당한 적이 있어서 무서워서……."

새빨간 거짓말이다. 최근에 나는 혼자 외출하는 걸 허가받았기 때문에 이런 거짓말을 할 수 있었다.

실제로는 인간을 만난 적이 없다.

가끔 언니들이 밖에서 잡아 올 때 본 정도다.

'아무리 그래도 인간을 덮치는 마물이 되는 건 싫어…….'

각오도 배짱도 없었다. 게다가 한 번은 포기했지만 인간과 공존할 실마리가 보이기 시작했다.

[인간화 마법]을 쓰면 나는 그저 피부가 흰 소녀다.

그렇다면 인간 마을에서 살 수 있을 거야!

[인간화 마법]은 시간제한이 있어서 [마력]이라는 것이 바닥나면 풀려 버린다.

하지만 나는 다른 자매들보다 스테이터스가 높은 모양이고.

분명 오래갈 거다. 이건 기회가 아닐까?

나는 몰래 탈주할 기회를 노리기로 했다. 다만 다음으로 언어의 문제가 있었다.

나는 이 세계 인간들의 말을 알아들을 수 없다.

이걸 어떻게 할지 고민하고 있는데, 이것도 언니들이 해결해 주었다.

"자, 이게 인간의 언어를 배우는 책이야."

그런 것까지!? 하고 생각했지만, 인간을 속이려면 인간의 언어를 쓸 수 있어야 하는 게 당연한가.

"살려 주세요, 보답으로 뭐든지 할게요. 인간 남자라면 이 말만 하면 괜찮아."

"그, 그렇구나……."

남자란 알기 쉽구나~. 응, 뭐 그런 법이겠지.

내 목표는 마을에 사는 거라서 당연히 인간의 언어를 맹렬하게 공부했다.

자매들은 왜 그렇게 인간어를 열심히 공부하는 거냐고 신기해했다.

미안, 나는 곧 여기를 뜰 거야, 얘들아.

사냥 솜씨는 순조롭게 올라갔다. 아무래도 나에게는 이상한 힘이 있는 듯, 달릴 때 '꾹' 하고 힘을 넣으면 자매들의 두 배 정도 속도로 달릴 수 있거나.

'야압' 하고 점프한 후에 공중에서 한 번 더 점프할 수 있거나.

'으랴!' 주먹을 꽉 쥐고 조금 힘을 모았다가 상대를 치면 적 하피가 백 미터 정도 날아갔다.

"너의 그 힘은 뭘까."

언니들도 신기해했다. 아무래도 라미아족의 능력은 아닌 듯하다.

"그거 [스킬]이라는 거야."

대모님이 가르쳐 주었다.

대모님은 뭐든지 알고 있다. 과연 300년이나 살아온 연륜이 있어!

그렇다. 대모님은 300살. 관록이 다른걸. 아무리 내가 강하다 해도 대모님에 비하면 잔챙이다. 앗, 이야기가 옆으로 샜네.

"스킬이란 게 뭐예요?"

"가끔 특이한 힘을 가지고 태어나는 마물이 있다. 인간들도 가지고 있지. 강한 스킬을 가진 인간과는 엮이지 않는 게 좋아."

오오! 뭔가 중요한 정보가 나왔다. 이 힘은 스킬이라고 하는 건가~.

그리고 인간도 가지고 있다고 한다. 오히려 원래는 내가 인간이어서 가지고 있는 걸까?

뭐, 좋아. 덕분에 근처의 마물 상대로는 무쌍을 펼칠 수 있다.

"네가 태어나고 나서 아이들이 습격당하는 일이 줄었어. 착하구나."

칭찬받았다. 이 세계는 약육강식이다. 비유가 아니라, 약한 마물은 사냥당해 먹힌다.

우리 라미아족이 약한 마물은 아니지만 결코 가장 센 것도 아니다.

이 던전에는 라미아족보다 강한 마물이 엄청나게 많이 있다고 한다.

그래서 우리 가족은 하나로 똘똘 뭉칠 필요가 있다고 대모님, 큰언니, 언니들이 말했다.

우리 자매들은 고개를 끄덕였다.

'미안, 그래도 나는 나갈 거야.'

마음속으로 가족들에게 머리를 숙인다. 처음에는 무서웠다. 모르는 장소. 본 적 없는 괴물.

왜 하필이면 뱀 마물이냐고 신을 원망했다.

하지만 한동안 생활해 보니 라미아족이 가족을 아끼는 종족이란 걸 알았다.

던전 내의 생활은 힘들 때도 있지만 모두 협동해서 살고 있다.

이 종족으로 환생해서 다행이라고 생각했다.

'최대한 은혜를 갚자.'

"으랴아!"

자매들을 습격하고 있던 거대 도마뱀을 펀치 한 방으로 끝낸다.

"이놈!"

자매들이 고전하고 있던 하피 무리를 쳐 날려 버렸다.

"죽어라!"

무리 지어 습격한 아라크네들을 큰 바위를 던져 후퇴시켰다.

"너, 정말 강하구나."

"나도 빨리 강해지고 싶어."

"식욕은 적은데 말이야~."

자매들뿐만 아니라 언니들에게도 든든한 존재가 되고.

깨닫고 보니 나는 가족 중에서 No.3의 위치가 되어 있었다.

아마도 나는 그런 상황에 취해 있었나 보다. 그래서 알아차리지 못했다.

어느샌가 큰언니가 나를 질투의 눈으로 보고 있었던 것을.

"이제 슬슬 괜찮을까……."

나는 강해졌다. 라미아 대가족 중에서도 상위의 실력.

지저호 근처에 있는 마물 상대라면 일대로 싸워 지지 않을 자신이 있다.

동갑인 자매들도 다들 한 사람 몫을 하게 됐다. 사냥도 익숙해졌다.

대모님은 슬슬 다음 세대의 아이를 낳겠다고 말했다.

그렇게 되면 이번에는 우리가 언니다. 언니가 되면 정도 생길 테고, 떠나기 어려워질 거다. 다음에 혼자서 나갈 때 이곳을 떠나자. 몰래 결심했다.

"큰일이야! 자매들이 빙호에게 습격당하고 있어!"

그 소식은 갑작스러웠다.

그날은 내가 사냥 당번인 날이 아니었다. 황급히 달려갔을 때 자매들은 몇 명인가 죽어 있었다. 빙호는 푸른 털을 가진 호랑이로 [얼음 숨결]이라는 공격을 한다.

보통은 거처가 멀리 떨어져 있는데 이번에는 우연히 조우하고만 듯했다.

빙호가 흰 숨결을 토할 때마다 몸 움직임이 둔해지는 느낌이 들었다.

"뭐야!"

나는 분노와 초조로 난폭하게 빙호를 쳐 날렸다.

동료가 일격에 송장이 되는 것을 보고 빙호들은 도망쳤다.

"얘들아……."

비틀비틀 자매들의 유해에 다가간다. 무참했다. 내장이 마구 뜯어 먹히고, 팔은 찢겨져 있다.

무사한 자매들도 다들 너덜너덜해져 있었다.

"왜…… 왜……."

"빙호는 우리의 천적이야. 놈들이 뱉는 숨결은 차가운 공기를 내보내서 라미아족의 움직임을 둔하게 하지."

큰언니가 분한 듯이 중얼거렸다.

'그게 뭐야……. 전혀 몰랐어.'

나는 자매가 죽은 분노와 슬픔으로 화가 치밀었다.

"왜 미리 가르쳐 주지 않았어요!"

"사냥의 규칙은 알고 있겠지. 실제로 적을 보기 전까지는 멋대로 상상하지 않는 게 좋아. 경험을 쌓아서 강해져야 해."

"아뇨! 미리 빙호에 대해서 가르쳐 줬다면 모두 죽지 않았을 거예요!"

"그럼 내가 틀렸다는 거니!"

"그래요! 큰언니는 틀렸어요!"

나는 처음으로 큰언니에게 거역했다. 라미아족의 규칙. '연장자가 하는 말은 반드시 들을 것'을 깼다. 자매들의 죽음으로 냉정하지 못했다.

'내가 있었다면 지킬 수 있었는데!'

진심으로 그렇게 생각했다.

"너는 아무것도 몰라!"

"돌머리 큰언니! 당신이 모두를 죽인 거야!"

"너라면 잘 할 수 있었다는 거니!"

"당신보다는 나아!"

평소라면 '이거야 원' 하면서 넘겨 버릴 큰언니가 진심으로 화난 얼굴을 했다.

"너!"

맞았다.

"무슨 짓이야!"

나도 때렸다.

그로부터 장절한 싸움이 벌어졌다.

"자, 잠깐만." "그러지 마!" "그만둬! 둘 다."

언니들과 살아남은 자매들이 말리려 했지만 No. 2와 No. 3의 싸움은 아무도 말릴 수 없었다. 큰언니는 강하다.

나이는 모르지만 우리보다 훨씬 먼저 태어나서 오랫동안 라미아족을 이끌어 왔다.

화려한 미녀인 대모님과 비교하면 조금 차가운 느낌이 들지만 날씬한 미인이다.

그런 큰언니가 아름다운 얼굴을 일그러뜨리고 내 머리카락을 붙잡고 주먹을 들어 올린다.

그에 비하면 나는 라미아족으로서는 두 살도 되지 않았다.

신체는 일단 반 년 정도 만에 성인이 되지만, 원래라면 큰언니와 싸워서 이길 수 있을 리가 없다.

하지만 타고난 높은 신체 능력과 [스킬]인가 뭔가 덕분에 나와 큰언니의 실력은 호각이었다.

나와 큰언니는 서로의 머리카락을 잡아당기며 몸을 서로 휘감고 계속 때렸다.

마지막에 내 의식이 날아갈 것 같아졌을 때, 내 주먹이 큰언니에게 맞아 큰언니는 축 늘어져 쓰러졌다.

"이, 이겼다……."

그 후 나도 기절했다.

"하아, 뭐 하는 거냐."

"……."

"……."

그 후 우리는 대모님에게 된통 잔소리를 들었다.

나는 큰언니와 눈을 마주치지 않았다. 큰언니도 이쪽을 보지 않는다.

"보렴, 너희는 이 가족의 중심이야. 사이좋게 지내야지."

그다지 세세한 일을 신경 쓰지 않는 대모님은 결국 한마디도 하지 않는 우리에게 질려 잔소리를 접었다. 나는 입으로만 큰언니에게 사과했고 큰언니도 용서한다고 말해 주었다.

하지만 그 이후로 큰언니와는 대화하지 않는다.

큰언니와의 큰 싸움 이후로 우리 가족에 파벌이 생겼다.

하나는 큰언니의 그룹.

다른 하나는 나를 중심으로 한 그룹이다.

큰언니의 그룹은 지금까지대로 젊은 쪽이 전방에 서고 연장자가 보조하는 사냥 방법.

반면 내 그룹은 내가 선두에 서서 사냥을 한다.

처음에는 적에게 습격당해도 피해가 적은 내 그룹 쪽이 뛰어나다고 생각했다.

하지만 아니었다. 큰언니의 사냥법 쪽이 개개인이 더 성장할 수 있다.

내 그룹은 나에게만 의지하게 되고 말았다.

'실패한 걸까…….'

나를 의지하는 건 기쁘지만, 이래선 안 된다.

내가 빠져나갈 수 없게 되고 말았다.

'큰언니가 옳았는지도…….'

"……."

"……."

큰언니와 가끔 스쳐 지나가지만 벌써 며칠이나 말을 하지 않았다. 전에는 사이좋은 자매였는데……. 단둘이 되면 사과하려고 타이밍을 재고 있지만 좋은 기회가 찾아오지 않는다. 큰언니는 최근에 항상 다른 사람이랑 있고…….

일단 큰언니도 나를 신경 쓰고 있는 기색은 있었다.

'역시 사과한다면 더 어린 내가 먼저 해야겠지?'

어쩔 수 없이 억지로 큰언니에게 다가가 귀엣말을 했다.

"저기, 오늘 밤 단둘이서 이야기를 하고 싶은데. 폭포 뒤편으로 와."

"뭐!? 왜, 왜지. 지금 해도 되잖아."

큰언니가 굳은 얼굴로 말했다.

'엑~ 싫어. 모두가 보는 앞에서 머리를 숙이는 건 왠지 부끄럽단 말이야.'

"오늘 밤, 폭포 뒤편으로 와. 큰언니."

"……알겠어."

큰언니는 싫은 얼굴로 고개를 끄덕였다. 그런 표정 짓지 않아도 제대로 사과할 거라니까.

좋았어, 이걸로 자매 싸움을 끝내자.

일단 잠자리에 들고 나서 큰언니와의 약속 시간까지 기다렸다.

하지만 연일 계속된 사냥의 피로로 그만 꾸벅꾸벅 졸고 말았다.

'아! 이런. 자다가 시간 넘긴 거 아니지?'

황급히 일어나려다가, 이변을 알아차렸다.

'공기가 차가워?'

라미아족의 거처는 근처에 용암류 동굴이 있어서 언제나 온도가 높다.

우리는 냉기에 약하니까. 이런 일은 처음이었다.

"얘들아! 언니! 대모님!"

이변을 알리려고 주위를 둘러보고.

"……어?"

숨이 멎을 것 같았다.

악몽 같은 광경이 펼쳐져 있었다.

언니들과 자매들이 모두 하얗게 몸이 변색되어 축 늘어져 있다.

숨을 쉬고 있지 않은 것처럼…… 보인다.

'……왜, 왜지? 무슨 일이 일어난 거야?'

아직 숨이 붙어 있는 가족을 하피들이 공격하고 있었다. 자매들은 반격하지 못한다.

"네놈들! 대체 어디로!"

이 거처는 가족이 안쪽에서 열어 주지 않는 한 입구가 열리지 않는다.

적이 들어올 수 있을 리가 없어!

"꺄하하핫!" "이히힛!"

하피들이 귀에 거슬리는 소리로 웃는다.

"젠장!"

평소처럼 싸우려는데, 몸이 납처럼 무거운 것을 깨달았다.

냉기에 몸이 비명을 지르고 있다.

"대모님!"

나로선 무리다. 대모님, 도와줘요!

하지만 언제나 어머니가 앉던 대좌에는 처음 보는 여자가 앉아 있었다.

그 미모는 어머니에게 뒤지지 않는 박력이 있었다.

그리고 그 여자의 발밑에 어머니가 쓰러져 있다!

"대모님임!"

달려가려는데 주위의 하피들에게 붙들렸다.

"이거 놔!"

버둥거린다.

"어머? 네가 우리 가족을 괴롭히던 소문의 어린 뱀 아가일까?"

"당신, 누구야……."

"나는 하피들의 여왕이야. 라미아족과 싸운 지 300년, 마침내 이 증오스러운 여자를 끝장낼 수 있게 됐구나, 후훗."

"으윽……."

하피의 여왕이라는 여자가 대모님을 걷어차자 작은 신음 소리가 들렸다.

"대, 대모님!"

"너구나……. 도망치렴."

"아하하하핫! 보고 있거라. 네 어머니의 최후를."

그렇게 말하고 그놈은 어머니의 가슴에 손을 집어넣어 심장을 도려냈다.

"아아아아아아아아아아아아아아악!"

대모님이 비명을 질렀다.

그만둬그만둬그만둬그만둬그만둬그만둬그만둬그만둬그만둬그만둬그만둬그만둬!

하피의 여왕이라는 여자가 "아름다운 색깔이야."라고 말하고, 심장을 삼켰다!

대모님은 축 늘어져 움직이지 않게 되었다.

"너!! 용서 못해!"

"자, 남은 건 너뿐이구나."

"어?"

주위를 둘러본다.

자매가 죽고, 언니가 죽고, 대모님이 죽고, 움직이고 있는 라미아족은 나뿐이었다.

모두 죽어 있었다.

"말……도…… 안……."

"그런데 참 끈질긴 생명력이구나. 아직 어린 마물인 주제에.

특수 개체일까.”

적의 우두머리가 무슨 말을 하고 있다. 마음이 차갑게 식어간다.

‘나만 살아 있어. 나만은 움직일 수 있어.’

뭐 하는 거야, 나는. 원수를 갚아야지.

“그래! 큰언니! 큰언니, 도와줘!”

우리 가족이 기댈 수 있는 No.2.

이런 때에 뭐 하는 거야!

“너희 가족의 장녀란다. 우리를 불러들여 준 건.”

“⋯⋯⋯⋯⋯⋯어.”

지금 이놈이 뭐라고 했지?

“라미아족은 가족의 결속이 강한 집단인데 말이야.”

가엾게 여기는 듯한 시선이 던져진다.

그럴 리가 없다. 큰언니가 그런 짓을 할 리가 없다.

자매들을 언제나 지켜봐 준 큰언니가 배신할 리가 없어!

“건방진 막내를 해치워 달라고 말이야. 자매끼리 서로 죽이게 되다니 라미아족도 끝장이구나.”

그 말을 내 뇌는 받아들이지 못했다.

‘그럴 리가 없어! 그럴 리가 없어! 그럴 리가 없어! 그럴 리가 없어!’

감정이 엉망진창이 되고, 그 감정을 억누르지 않고 터뜨렸다.

나를 구속하고 있던 하피를 날려 버리고 적의 우두머리에게 뛰어들었다. 하지만 적은 전혀 초조해하지 않았다.

"냉기가 좀 부족한데."

하피 여왕이 말을 건 곳에는.

"인간 마법사!?"

지팡이를 든 마법사가 이쪽으로 마법을 쏘았다.

"우리에게 마법은 특기가 아니라서 말이야. 너희도 그렇겠지만."

인간 마법사가 쏜 마법을 맞고 나는 움직일 수 없게 되었다.

"그럼 안녕. 마지막 라미아여."

그것이 내가 알아들을 수 있었던 마지막 말이었다. 하피 여왕의 날카로운 갈고리발톱이 나를 찢었다.

나는 죽었다.

분하게도, 두 번째 인생도 차가운 얼음 속에서 끝나게 되었다.

3장 타카츠키 마코토, 대미궁에 도착하다

비공선에서는 호화로운 저녁 식사를 대접받아 잔뜩 먹고 마셨다.

밤에는 루시와 함께 개별 스위트룸에 안내받았다. 푹신푹신한 침대와 호화로운 가구에 둘러싸인 방. 평소에는 길드 휴게실 바닥에서 혼숙하는데.

너무 달라서 안정이 안 돼!

"못 자겠어."

취기가 깨고 잠이 오지 않아서 밤바람을 맞으려고 밖으로 나갔다. 밤의 배 갑판은 빛이 없어서 새카맣다. 불을 켜면 마물에게 습격당하기 때문이라고 들었다.

갑판에는 보초인 듯한 사람이 몇 명 서 있다.

새 수인인 듯한데 밤눈은 밝을까?

'야근 힘들겠네.'

배 난간에 기대 배 아래를 보자 새카만 어둠이라 하늘을 날고 있는지 불안해진다. 마을이 없으면 빛이 없구나.

"일본과는 다르지요."

"후지양."

뒤에서 나타난 사람은 이 배의 오너였다. 손에는 비싸 보이는 와인을 들고 있다.

"어떠시오? 취침용 술로."

"그럼 조금만."

후지양은 완전히 술꾼이 됐군.

우리는 배 갑판에 그대로 앉아서 달빛에 의지해 서로의 잔에 술을 따랐다.

챙 하고 가볍게 잔을 부딪친다.

"이 세계는 밤이 되면 달과 별이 아름답구려."

"도쿄에선 별이 안 보이니까."

그립다, 도쿄의 별이 보이지 않는 밤하늘.

하지만 이쪽 세계에서도 느긋하게 별을 바라볼 기회는 거의 없었던가.

그렇게 생각하면 이런 시간은 귀중한 걸지도 모른다.

"하지만 저 아름다운 달이 이 세계에시는 불길함의 상징이라고 불린다니 신기한 일이구려."

"달 속성 마법은 가장 인기가 없는 속성이랬던가."

일곱 개의 속성 중 [달] 속성은 죽음과 어둠을 관장한다. 물의 신전에서는 아무도 달 마법 수업을 받지 않았다. 나는 달 마법 스킬을 가지고 있지 않아서 당연히 수강하지 않았다.

"그뿐이 아니라오. 달의 나라 [라피로익]은 멸망했으니까요. 저주받은 나라로서."

"분명 라피로익은 천 년 전에 인간족을 배신하고 마족 편을 들었다고 했지?"

물의 신전의 역사 수업에서 배웠다.

"당시의 달의 무녀, [재앙의 마녀]라는 별명으로 불리는 자가
뒤에서 조종했다던가요."

"덕분에 달 마법은 아무도 쓰지 않네."

물 마법은 가장 약한 마법.

정령 마법은 잊힌 마법.

달 마법은 혐오당하는 마법.

참고로 최강은 태양 마법이다.

"내 스킬이 달 마법이 아니어서 다행이야."

어둠 속성이란 건 조금 동경하지만.

"최근에는 달의 무녀가 태양의 나라 하이랜드의 기사단에게
토벌되었다는 이야기도 들었으니까요."

"어? 그런 일이 있었어?"

몰랐는걸. 그런데 아무리 옛날 달의 무녀가 악당이었다 해도
현재의 무녀에게는 죄가 없을 텐데. 남 일이지만 가엾다는 느낌
이 든다.

"최근에는 마물이 늘어나거나 대마왕 부활 신탁이 내려오는
등 불온한 소문이 많으니 말이오. 민중의 불안을 제거하고 싶었
던 거겠지요."

"제거당하는 쪽은 참기 힘들겠네."

그런 대화를 하면서 조금씩 와인을 비웠다.

이 와인 엄청나게 마시기 쉽군. 노점의 싸구려 와인과 전혀 다

르다.

"대미궁도 강한 마물이 출현하거나 해서 떠들썩하다고 하오. 타키 님도 조심해 주시오."

"힘든 건 중층 이하니까. 나는 상층에서 느긋하게 모험할 거니까 괜찮아."

"타키 님은 안전을 지향하는 척하면서 무모한 짓을 하니까 말이오. 걱정이오."

"그랬나?"

"그 거신님에게 혼자서 도전하는 건 제정신이라 생각할 수 없었소."

"뭐, 결과적으로는 괜찮았으니까."

"대미궁에서는 너무 무모한 짓은 삼가 주시오."

"알고 있어." 하고 말하면서 와인을 쭉 비웠다.

아~ 조금 취했다. 와인은 에일보다 알코올 도수가 높았던가?

"그런데 말이야."

두 잔째 와인을 따르면서 궁금했던 점을 물어보았다.

"니나 씨랑 크리스 씨랑은 어떤 느낌이야?"

"푸핫!"

후지양이 와인을 뿜었다. 오, 드물게 동요하고 있다.

"그 초연한 니나 씨가 크리스 씨가 있을 때는 꽤나 열이 올라 있고, 크리스 씨는 처음 만나서 자세히 알진 못하지만 후지양에게 집착하는 느낌이었는데~ 싶어서."

히죽히죽 웃으며 친구에게 물어 본다.

"뭐어…… 두 사람이 호의는 보내 주고 있지요오……."

후지양이 약간 수줍어하며 자백한다.

오오! 남자답네. 깨끗이 인정하는 건가.

"[독심] 스킬 덕분에 눈치채지 못한 척도 못 하니까 말이오."

후지양은 아련한 눈으로 와인을 단숨에 비웠다.

"그런가. 너무 강한 스킬도 곤란하구나."

마음을 읽을 수 있는 스킬이 있으면 둔감 캐릭터는 될 수 없지.

"그래서, 어느 쪽이 좋아?"

"오늘은 웬일로 물고 늘어지는구려……. 둘 다 소중한 친구라오. 타키 님이야말로 루시 님과는 어떻게 됐소?"

"어떻게라니?"

루시 말인가. 소중한 동료인데요. 가끔 두근거리지만. 노출이 많으니까.

"으음, 스킬 탓에 타키 님의 마음을 알게 돼 버리니, 재미없구려."

"어려운 문제네."

와인이 조금 미지근해졌군.

'물 마법 : 냉화.'

와인을 마법으로 식혔다. 응, 이게 더 맛있어.

"편리하구려, 그것."

"식혀 줄까?"

"아니, 소생은 상온으로."

"그래."

말이 없어지고, 정적이 찾아들었다.

이세계의 밤은 조용하다. 가끔 숲속에 있는 짐승의 울음소리가 들리는 정도다.

그리고 미지근한 바람이 비공선의 돛을 두드리는 소리가 들린다. 나는 와인 잔에 비친 달을 멍하니 바라보았다. 잠시 후에 후지양이 불쑥 말을 걸어 왔다.

"타키 님은 사사키 아야 님과 좋은 관계라고 생각하고 있었소."

"어?"

그리운 이름을 남에게서 들었다. 사사키 아야. 사사.

반에서 얼마 안 되는 친구. 지금은 죽은 친구.

좋아……했던 게 맞을까? 하지만 중학교 때 우리 집에 오면서까지 놀아 준 건 그 아이뿐이었다. 이성으로서 의식은 했던 듯한 기분이 든다.

"아니…… 아무것도 아니오. 미안하오."

"확실히 사사랑도 이런 식으로 마실 수 있었다면 즐거웠겠지."

이제는 이루어질 수 없는 일이지만.

사사와는 게임을 하면서 자주 어디 먼 곳으로 가고 싶다는 얘기를 했던가?

설마 이세계에 올 줄은 생각 못했지만.

"……꽤나 멀리 왔구려."

"……응, 그러네."

결국 두 병째가 빌 때까지 밤새 마시고 말았다.

◇

"도착했습니다~."

니나 씨가 깨우러 와 주었다. 아침 햇살이 창에서 내리쬐고 있다.

머리가 아프다. 어제는 너무 늦게 잤다. 하지만 오랜만에 즐거운 시간이었다.

숙취로 비틀거리면서 밖으로 나갔다.

'아~ 햇살이 눈부셔…….'

밖에는 흐트러진 실내복 차림의 루시가 서 있었다.

"마코토~ 저것 봐!"

루시가 가리키는 방향으로 시선을 향한다.

"숲이랑 산밖에 안 보이는데?"

비공선에서 본 광경은 그저 끝없이 녹색이 펼쳐져 있을 뿐이다.

"봐, 저기야."

가리키는 쪽을 [천리안] 스킬로 노려본다.

아아, 확실히 작은 마을 같은 게 보인다. 여전히 루시의 시력은 별나다.

"미궁 마을이구려. 두 분은 처음이시오?"

"처음이야. 주민들이 전원 모험가인 마을이던가?"

"약간 달라. 모험가 관계자들의 마을이야. 대미궁에 도전하는 모험가들이 늘어나니까 그들에게 아이템이나 잠자리를 제공하는 상인들이 모여들고, 상처를 치료하는 신전 관계자들이 오고,

전체적인 관리를 위해 모험가 길드 지점이 세워졌어."

"지금은 로제스 최대의 모험가 길드지요."

이 대륙의 모험가들에게는 등용문이라고도 할 수 있는 던전.

그 던전 입구에 자연 발생한 모험가의 마을.

"이 부근에서 세웁시다. 갑자기 마을 위에 배를 세우면 마물로 오해받을지도 모르니 말이오."

"오케이. 그럼 내릴까."

비공선에서 내린 곳은 딱 마을 입구가 보일 정도의 위치였다.

입구에 간이 문이 있다. 맥캘란과 달리 성벽은 없다.

마을의 역사가 짧다는 것이 엿보인다.

"우리는 길드에 얼굴을 내밀까."

"그러자. 정보도 이것저것 입수하고 싶고."

"그렇소이까. 소생은 상회와 거래가 있으니 따로 행동하겠소."

"저는 주인님의 호위네요~."

후지양과 니나 씨는 상인 업무를 하러 간다고 했다.

"타키 님, 그럼 저녁에 [영웅 술집]이라는 가게에서 만납시다. 미궁 마을에서 가장 큰 술집이니 금방 알 수 있을 거라오."

"알았어. 그럼 나중에 봐."

손을 흔들고 헤어졌다. 그럼 갈까!

"와아~ 저 옷 귀엽다."

루시는 두리번거리며 노점에 다가가서는 상품을 만지작거리고 있다.

"이봐, 먼저 길드를 찾자고."

"에엥~ 조금은 관광도 하자."

루시가 관광 모드가 되었다.

어떡할까. 얼른 가고 싶지만 여자아이의 쇼핑에 따라가지 않는 것도 주변머리가 없는 것 같다.

'어머, 장하네.'

여신님에게 칭찬받았다. 올바른 루트였던 모양이다.

'후지양 군이 니나나 크리스에게 인기 폭발이라 분했어?'

남의 마음을 멋대로 읽다니 바람직하지 못하네요, 여신님.

'나, 여신인걸~.'

제길. 그래요! 모처럼 이세계에 왔으니 여자 친구 한 명쯤은 갖고 싶잖아요!

'루시라면 지금 당장 고백해도 괜찮을 것 같은데…….'

안 돼요, 여신님. 좀 더 호감도가 필요해요.

'그, 그런가아…….'

어이없어했다. 아니, 왜냐하면 난 보스전을 앞두거나 했을 때 엄청나게 준비를 단단히 하고 가는 타입이라서.

잠시 동안 루시의 쇼핑을 따라다니면서 마을을 산책했다. 길드 본부는 마을 중심에 있어서 곧바로 찾을 수 있었다.

간소한 건물이 많은 이 마을에서 모험가 길드는 매우 눈에 띄었다.

한 마디로 요새 같은 느낌.

커다란 입구를 지나 모험가 길드 안으로 들어갔다.

"우와~ 사람이 엄청나!"

루시가 소리친다.

"번창하고 있네."

모험가 길드 안은 사람으로 넘치고 있었다. 특히 성황인 곳은 토벌한 마물을 심사하는 창구.

던전 바로 근처의 길드라서 가져오는 마물이 많은 걸까.

우리는 모험가 길드의 접수창구로 향했다.

"어디 보자, 타카츠키 마코토 씨, 루시 J 워커 씨의 2인 파티네요. 두 분 다 아이언 랭크고……."

접수 직원 누님이 용지에 슥슥 정보를 써넣고 있다. 예쁘지만 약간 붙임성이 없다. 그리고 조금 피곤해 보인다. 바쁜 걸까. 바쁘겠지.

아무튼 모험가 숫자가 맥캘란과 비교할 바가 아니다.

"네, 이제 미궁 마을 길드 등록이 끝났습니다. 모험 사전 신청은 필요 없습니다. 라비린토스를 자유롭게 탐색하셔도 됩니다. 토벌한 마물 매입은 저희 길드에서 진행합니다. 뭔가 질문 있으신가요?"

"괜찮습니다. 루시는 어때?"

"문제없어! 그럼 가자, 마코토!"

루시는 기운이 넘친다. 사실은 나도 그렇다. 이 마을은 온갖 곳에 모험가가 있다.

가게는 모험가 대상 무기점이나 방어구점, 아이템점이 눈에 띈다. 음식점에는 모험가가 좋아할 듯한 호쾌한 요리가 많다.

물론 처음 보는 술도 잔뜩 팔고 있었다.

모험가들이 그것을 먹고 마시면서 와자지껄하게 대화하고 있다.

맥캘란의 모험가 길드도 붐볐지만 그곳과는 조금 다르다.

이쪽은 축제다. 축제 분위기가 감돌고 있다. 하지만,

"먼저 묵을 곳을 찾자."

"에엥~ 그런 건 나중에 해도 돼. 먼저 던전을 가 보자!"

"이것 봐, 그렇게 무계획이면……."

우리가 그런 잡담을 하고 있을 때, 누가 대화에 끼어들었다.

"여어, 아가씨. 자극적인 차림이군."

"던전에 가고 싶다면 그런 꼬맹이 말고 우리랑 가자고."

"하룻밤에 얼마야? 귀여워해 주지."

뒤에서 천박한 목소리가 들렸다. 돌아보니 난폭해 보이는 모험가 몇 명이 이쪽을 히죽대며 보고 있다. 아~ 가까이 있으니까 잊고 있었는데 루시 양은 미인에다 노출이 많아서 눈에 띄지 참.

시비가 걸렸나.

"이봐, 대답하라고. 엘프 아가씨."

"야한 차림을 하고 있군."

"꼬맹아, 그 아가씨 상대는 우리가 해 주마. 너는 집에 가거라."

이 미궁 마을에는 만 명이 넘는 모험가가 있다. 당연히 질 나쁜 무리도 있다.

루카스 씨가 '너희처럼 젊은 파티는 반드시 시비가 걸릴걸~.'이라고 겁을 줬었다. 생각해 보면 맥캘란의 모험가 길드는 다들 좋은 사람들이었지. 이상한 별명을 붙이는 정도였고.

아무튼 이럴 때는 어쨌거나 비굴해지지 않는 것이 올바른 대처법이다.

나도 아이언 랭크의 모험가다. 당당해지자.

뭔가 받아쳐 주려고 [명경지수] 스킬을 99%로 설정하고 크게 숨을 들이마시는데.

"어엉? 무슨 소리야! 우리는 멕켈란에서 그리폰도 해치운 모험가거든! 당신들이야말로 피라미 아냐? 저리 가, 쉿쉿."

루시에게 선수를 빼앗겼다. 역시 루시는 배짱이 두둑하다.

"이, 이봐. 루시."

하지만 너무 도발한 거 아닐까?

"어엉?"

예상대로, 리더로 보이는 정면의 악당 같이 생긴 남자의 얼굴이 험악해진다. 그리고 그대로 허리의 검을 뽑았다. 당신도 참을성이 없구만!

"누가 피라미라고? 아앙?"

"네놈들이 그리폰을? 좀 더 그럴싸한 거짓말을 해라."

"건방진 꼬마로군, 교육을 해 줘야겠어."

똘마니들이 히죽히죽 웃으며 우리를 둘러싼다. 길드 안이 웅성거리기 시작했다.

아마 조금 있으면 길드 직원이 말려 줄 것 같지만.

'왠지 그랬다간 앞으로 얕보일 듯한 기분이 드는데, 으음.'

상대도 갑자기 칼을 휘두를 정도로 바보는 아닌 듯하다.

아마 젊은 모험가에게 건방진 소리를 듣고 물러나지 못하게 되어 버린 거겠지.

나는 루시를 지키듯이 한 발 앞으로 나섰다. 눈앞에는 칼집에서 뽑은 검이 빛나고 있다.

'갑자기 날붙이는 좀 아니잖아.'

나도 아주 약간 화가 났다. 세상 돌아가는 이야기를 하듯이 말을 건다.

"꽤나 좋은 검이네요."

"하! 당연하지. 이건 하이랜드 최고의 무기점에서……."

똘마니 모험가가 의기양양하게 해설하려고 할 때, 샥 하고 단검을 뽑아 '으럇' 하고 베었다.

똘마니가 자랑하던 검은 버터처럼 싹둑 잘려 떨어졌다.

도신이 땡그랑 하고 청량한 소리를 내며 바닥을 구른다.

지난번 거신 아저씨의 손가락을 자른 경험으로 이 단검이 얼마나 잘 드는지는 알고 있었지만.

'진짜 미친 듯이 잘 드네. 장난 아니다, 여신님의 단검.'

"아아아아앗, 내, 내 미스릴 마법검이이이이이이이!"

똘마니 모험가가 비명을 질렀다.

'켁, 미스릴 소재였나.'

정말 미안한 짓을 했군. 미스릴제 무기는 엄청나게 비싸다.

하지만 시비를 먼저 건 저들이 잘못한 것이다. 여기서는 서열 정리를 하자.

"질 나쁜 검을 쓰는군. 이런 단검에 잘리는 조악한 물건이라니

어이없네."

최대한 깔보듯이 말했다.

"네, 네 이놈……."

"먼저 시비를 건 건 너희잖아? 우리는 맥캘란의 루카스 달모어의 제자다. 우리에게 싸움을 거는 건 루카스 사부에게 싸움을 건다는 뜻이지."

"헉, 용 사냥꾼의 제자인가……."

"루카스 일당인가……."

루카스 씨의 제자라는 건 거짓말이다. 그 사람은 검사고 나는 마법사니까.

루카스 씨는 대미궁에서 그럭저럭 이름이 알려져 있다.

불량한 모험가들과 얽히면 자기 이름을 써도 좋다고 루카스 씨가 말했었다.

"쳇, 야, 가자." "빌어먹을 놈이." "두고 보자."

똘마니들은 떠나갔다. 오, 루카스 씨의 이름은 과연 대단하군.

"하아~ 긴장했어……."

한숨을 쉬었다.

"마코토, 루카스 씨의 제자였어?"

야, 루시. 네가 믿으면 어쩌냐.

"나중에 설명해 줄게. 가자."

"어? 잠깐만, 잡아당기지 마!"

루시와 모험가 길드를 떠났다.

"흐음, 루카스 씨는 그렇게나 유명인이었구나."

"용 사냥꾼 루카스라고 하면 왕년의 모험가들은 누구나 알고 있대."

"확실히 드래곤 토벌 의뢰가 많았지. 루카스 씨는."

맥캘란의 노점에서 들은 여러 무용담이 떠오른다.

"그럼 가볍게 던전에 들어가 볼까. 어디까지나 가볍게."

"응! 두근두근하네!"

우리는 마을 안쪽에 있는 거대한 던전 입구로 향했다.

대미궁 라비린토스의 입구에서는 모험가 길드 직원이 입장자를 세고 있었다.

매일같이 행방불명자가 나오는 대미궁에서는 길드 직원이 전원의 출입을 체크하고 있다고 한다. 어쩐지 놀이공원 같네.

우리는 접수 직원에게 이름과 당일치기 모험이라는 걸 알렸다.

이제 우리가 내일까지 돌아오지 않으면 모험가 길드의 행방불명자 리스트에 올라가게 된다. 응, 놀이공원은 아니군. 목숨을 거는 곳이다.

"있잖아, 마코토. 어느 쪽으로 갈 거야?"

"으음, 글쎄."

길드에서 팔던 대미궁 맵(상층)을 보면서 고민한다.

솔직히 상층은 완전히 탐색되어서 미개척 지역은 거의 없다.

[어느 쪽으로 가시겠습니까?]

왼쪽 : 녹색 동굴

가운데 : 물의 동굴

오른쪽 : 불의 동굴

"오, 오랜만인걸."

RPG 플레이어 스킬.

"무슨 말 했어?"

"아니, 아무것도 아냐. 그럼 물의 동굴로 가자."

"역시 마코토라면 그렇겠지."

거대한 던전(동굴)의 입구는 세 갈래로 나뉘어 있다. 그중에서도 가장 나에게 잘 맞는 길을 골랐다. 물의 동굴은 그 이름대로 길옆에 수로나 작은 시내가 흐르고 있다.

그 물의 원천은 동굴 안의 벽에서 물이 스며 나온 것이다. 그래서 물의 동굴.

"끊임없이 흐르는 물로 인해 던전 벽은 침식되어 약해져 있어. 그래서 강한 충격에 약해. 그러니까 루시의 [메테오]는 못 쓰겠지."

"에엑! 그래?"

"마리 씨의 설명을 안 들었구나……."

"우우……."

루시가 눈을 피했다.

한숨을 쉰다.

"상층의 마물은 약하니까. 아마 문제없을 거야."

"하지만 미노타우로스가 있잖아. 그건 [위험도] 상위지?"

"미노타우로스는 중층으로 내려가는 계단을 지키고 있어. 마치 중층으로 향하는 모험가를 감정하는 것 같대."

"흐음. 그럼 안쪽으로 너무 가지만 않으면 되겠네! 알았어."

루시와 활동 지침을 맞추고 던전을 탐색하러 출발했다. 발밑에는 크고 작은 물웅덩이가 퍼져 있다. 물웅덩이를 찰박찰박 밟으며 나아간다.

"여어, 이제부터 가나?"

"안녕하세요, 돌아가는 길인가요?"

도중에 탐색을 마치고 돌아가는 파티가 말을 걸었다. 그밖에도 드문드문 모험가의 인영이 보인다. 과연 대륙에서 가장 번창하는 던전이다. 모험가가 많다.

소문에 따르면 던전 안에 가게를 낸 호기로운 상인도 있다던가.

참고로 물가는 던전 바깥의 열 배라고 한다.

"최근에 마물이 활발해졌으니까. 조심해."

"대마왕 부활의 전조일까요."

"무서운 소리 하지 마. 그럼."

"네, 충고 감사합니다."

감사 인사를 하고 그들과 헤어졌다.

한동안 대미궁 상층을 탐색했다.

"얍."

던전 안을 배회하고 있던 코볼트의 등 뒤로 몰래 다가간다. 안개를 만들어 시야를 빼앗고 [은신] 스킬로 소리를 지운다. 마지막으로 여신님의 단검으로 숨통을 끊었다.

"끝났어, 루시."

"이러면 고블린 사냥이랑 차이가 없잖아."

루시가 불만스럽게 입술을 삐죽였다.

던전에서 조우하는 마물은 코볼트나 고블린 같은 잔챙이뿐이다.

"뭐, 이 정도 놈들이라면 루시의 마법을 쓸 것까지도 없어."

"말은 그렇게 해도~."

뭐, 확실히 조금 기대가 빗나갔다. 던전은 넓고 마물 종류도 많지만.

이러면 [마의 숲] 부근이 더 사냥하는 보람이 있겠어.

우리가 조금 긴장을 풀고 타박타박 걷고 있는데.

"꺄아아아아아아악!!" "누가 좀 도와줘~!"

동굴 안에 비명이 울려 퍼졌다.

"루시!"

"가자! 마코토!"

"아니, 잠깐만."

여기서 초조해 해서는 안 된다.

"대기하는 게 좋을지도 몰라."

"어, 구하러 안 가?"

"색적(索敵) 스킬로 확인했어. 내버려 둬도 이쪽을 향해 올 거야. 마법 영창을 해 둬. 소규모 암석탄."

"알았어!"

[위험감지] 스킬의 경보가 키잉 하고 머릿속에서 울린다.

'이 소리는 위험도 상위의 마물이군.'

대미궁 라비린토스의 상층. 약한 마물밖에 없는 계층.

하지만 단 한 종류, 위험한 마물이 있다. 커다란 그림자가 안쪽에서 불쑥 나타났다.

"왔다."

"미노타우로스!"

루시가 긴장한 목소리를 낸다.

대미궁 라비린토스 상층의 지배자. 양손에는 큰 도끼. 성가시군.

"던전 안쪽에만 있는 거 아니었어!?"

"무리에서 떨어진 걸까. 혹시 마물이 활발해진 영향일까."

나는 여신님의 단검을 겨누었다. 미노타우로스의 신장은 5미터 정도. 지난번 빅 오거와 비슷한 정도인가. 손에 든 큰 도끼는 피로 번들번들하게 젖어 있다.

비명의 주인은 도망칠 수 있었을까…….

"마, 마코토. 괘, 괜찮을까?"

루시가 약간 겁먹었다.

"모처럼이니까 강해진 정령 마법을 시험해 보자."

단검을 겨누고 주위를 둘러본다.

RPG 플레이어 시점에서는 주위에 파란 빛이 무수하게 떠돌고 있다.

──응. 잔뜩 있네.

"××××××××(안녕, 정령님.)" 하고 부른다.

대미궁의 정령들은 만난 지 얼마 안 됐다.

좋은 인상을 주려면 힘차게 인사해야지.

"××××××××(잠깐 같이 안 놀래?)"

술렁임과 함께 정령들의 관심이 나에게 모여드는 것을 느꼈다. 좋아 좋아, 괜찮은 반응이다.

"저, 저기! 벌써 미노타우로스가 이쪽으로 오고 있어! 암석탄!"

초조한 목소리로 루시가 마법을 쏘았다.

지팡이에서 발사된 암석이 미노타우로스에게 들이닥친다.

맹스피드의 암석은 미노타우로스를 직격하고 부서져 흩어졌다.

──하지만 그다지 효과는 없는 듯하다.

"거, 거짓말."

루시가 중얼거렸지만, 평소에 떨어뜨리는 운석보다 훨씬 작은 바위였다.

너무 살살 했군.

"크오오오오오오오오!"

미노타우로스가 분노한 소리를 지르고는 도끼를 치켜들고 달려든다.

앞으로 몇 초면 큰 도끼에 머리부터 쪼개질지도 모른다.

"어떡해! 마코토!"

루시가 울먹거린다. 슬슬 괜찮으려나. 물의 정령은 충분히 모였다!

──물 마법 : 거대 물 감옥.

"크오?"

내 발밑을 중심으로 물이 뿜어져 나온다. 눈 깜짝할 사이에 온 통로가 물로 가득 차 미노타우로스와 나와 루시가 물속에 삼켜진다.

"읍──! 으읍──!"

아, 이런. 루시는 [물 마법 : 수중 호흡]을 못 하지.

황급히 손을 잡는다. 이제 마법 효과가 연동될 거다.

"크오! 콜록! 쿨룩!"

미노타우로스가 물 감옥에서 벗어나려고 발버둥 치고 있다.

뭐, 무리겠지만.

'물 마법 : 물살.'

"얍, 얍."

손가락을 빙글빙글 돌린다. 미노타우로스는 세탁기처럼 소용돌이를 그리며 빙글빙글 회전했다.

거대한 소 마물은 눈이 핑핑 돌며 그대로 조용해졌다.

불러들였던 물을 빠지게 하고 정령에게 인사를 한다.

"하악, 하악……."

루시는 숨을 헐떡이고 있다.

아무리 수중호흡 마법을 쓰고 있다지만 갑자기 물속에 넣어서 놀라게 해 버렸나.

"미안 미안. 괜찮아?"

"으, 응……. 괜찮아. 굉장하잖아! 아까 그거 상급 마법이지?"

"응, 성공했네."

"어떻게 된 거야! 상급 마법을 쓸 수 있게 된 거야?"

"아니, 물의 정령에게 도움을 받은 거야. 정령은 무한한 마나가 있으니까 그걸 조금 나눠 받았어. 세세한 컨트롤을 할 수 없는 게 성가시지만."

덕분에 아까는 나도 루시도 휩쓸리고 말았다.

"그런데 이놈을 어떡할까."

쓰러뜨린 미노타우로스를 내려다본다. 모처럼 잡은 거물인데.

"운반할 수가 없겠네."

"이럴 때는 수납용 마법 아이템을 갖고 싶네."

[수납] 스킬을 가지고 있는 후지양이 없는 게 아쉽다.

"이봐, 너희들. 미노타우로스를 해치운 거냐!"

"사, 살았다……."

"고마워, 고마워!"

너덜너덜한 모험가들이 나왔다. 아까 비명을 지른 사람들인 듯하다.

들은 바에 따르면 미노타우로스에게서 도망치던 도중 루시를 보고 미노타우로스가 타깃을 바꿨다고 한다. 빨간색에 반응한 걸까?

"루시, 정말 마물한테 사랑받는구나."

"하나도 안 기쁜데……."

"이봐, 두 사람. 이 마물 옮기는 걸 도와줄게."

"오오! 감사합니다!"

같이 가는 김에 대미궁에 대해서 여러 가지 배우면서 돌아갔다.

"그럼 여러분은 대미궁에 온 지 반년이 된 거군요."

"그래, 우리는 갓 아이언 랭크가 돼서 상층에서 찬찬히 수행하고 있어."

"하지만 최근에는 마물이 활발해져서 말이야."

"그래, 상태가 조금 이상해."

"소문에 따르면 하층에는 [불길한 용]이 나타났다던가."

"[불길한 용]?"

"[불길한 마물]이라고도 해. 천 년 전에 대마왕이 부렸던 사악한 마물이야. 몸에서 독기를 내뿜고 입에서 저주를 내뱉어. 그것을 본 자는 정신이 오염된다던가……."

루시가 설명해 주었다. 어쩐지 오싹하네.

"우리 같은 중급 모험가에겐 별로 관련이 없는 이야기라서 자세히는 모르지만."

"하지만 너희들 대단하구나. 단둘이서 미노타우로스를 쉽게 쓰러뜨리다니."

"실버 랭크냐? 설마 그렇게 젊은데 골드라거나?"

"아뇨아뇨, 우리도 아이언 랭크예요."

"헤에! 그거 장래가 유망하군!"

왁자지껄하게 이야기하면서 출구까지 돌아왔다. 입구의 길드 직원에게 돌아왔음을 알리고 마물을 건넨다. 해치운 마물의 심사 결과와 토벌금은 내일 길드로 가면 받을 수 있다고 한다.

길드에서 잠깐 어슬렁거리고 있는데…….

"어쩐지 시끄럽지 않아? 루시."

"무슨 일이 있었나?"

"그래, 듣자니 하이랜드의 군대가 왔다고 해."

길드 직원이 가르쳐 주었다.

"헤에, 하이랜드라면 태양의 기사단, 솔레이유 나이츠인가?"

"역시 [불길한 용] 토벌 때문일까."

"하지만 모험가의 마을에 군대가 나서는 건 이상한 기분이네."

"게다가 여긴 로제스라고. 솔레이유 나이츠는 외국 군대잖아."

길드의 모험가들이 제각기 말하고 있다.

"보러 갈까, 루시."

"가자! 마코토."

우리는 졸래졸래 마을 입구로 향했다.

"이게 솔레이유 나이츠인가……."

마을 입구 부근의 숲이 벌채되어 군 주둔지가 되어 있었다. 수많은 텐트가 쳐져 있다. 그 주위에는 군마와 비룡이 묶여 있다.

기사단이라 불리지만 기사, 전사, 궁사, 마법사, 사제, 기타 다양한 직업이 있는 거대한 파티인 듯하다.

첫눈에 알 수 있는 차이는 장비일까.

전원이 흰 바탕에 붉은 문양이 들어간 갑옷으로 통일되어 있다. 장비가 제각각인 모험가와는 확연히 다르다. 그리고 그들의 갑옷에는 태양의 여신 알테나 님이 그려져 있다.

'이게 대륙 최강의 군대인가……. 강해 보이네.'

모험가의 마을 사람들도 궁금했는지 구경꾼이 훅훅 늘어나고 있다.

"꺅~! 봐, 빛의 용사님이야!"

"구세주님의 환생…… 뵐 수 있어서 영광이야."

"아아, 늠름한 저 모습……."

여성 모험가들이 소리를 지른다.

"굉장해! 저 사람이 빛의 용사님! 처음 봤어!"

루시까지 함께 방방 뛰고 있다.

'뭐, 이쪽 세계에선 아이돌 같은 거니까.'

거기 있는 사람은 1년 반 정도 전에 헤어진 옛 반 친구 사쿠라이였다.

옆에는 똑같이 옛 반 친구인 요코야마가 있다.

어라? 측근인 여자애가 한 명 더 있지 않았던가?

사쿠라이와 요코야마는 주위 사람들에 비해 입고 있는 옷이 몇 배나 화려하고 비싸 보였다.

과연 치트 스테이터스와 스킬의 소유자. VIP 대접이네.

'흥, 딱히 부럽진 않거든!'

여신님, 설마 좋은 만남이란 게 이건 아니겠죠?

"저기, 왜 가 버리는 거야? 아는 사람이잖아. 만나서 얘기 안 해?"

루시가 묻는다.

"전혀 안 친해. 저쪽은 벌써 나를 잊어버리지 않았을까."

"그래?"

"응."

우리는 빠른 걸음으로 솔레이유 나이츠가 있는 곳에서 벗어났다. [빛의 용사] 사쿠라이와 친하지 않다는 건 사실이다. 하지만 말을 걸지 않았던 이유는 따로 있다. 사쿠라이 근처에서 싫은 얼굴을 봐서다.

물의 여신의 무녀 '소피아 에이르 로제스' 왕녀.

──나를 한 번 슥 보고는 재능이 없다고 단정해 버린 여자.

하지만 로제스의 왕녀까지 왔다니. 아무래도 큰 사건이 된 걸지도 모른다.

"저기저기, 봤어? 호화로운 얼굴들이었지. 왕녀님까지 있었고!"

"……그러네."

나는 관심 없다는 듯한 말투로 대답했다.

"어쩐지 반응이 시큰둥하네~. 하이랜드의 제1왕위계승자 노엘 알테나 하이랜드 왕녀. 아우라가 있었지!"

"어? 그런 사람이 있었어?"

"무슨 소리야! 엄청 눈에 띄었잖아."

으음, 물의 무녀에게 정신이 팔렸었군. 그러고 보니 가까이에 화려한 드레스를 입은 여성이 있었던 것 같기도 하다. 그런데 이런 작은 마을에 왕녀가 둘이나 온 건가.

"뭐, 됐어. 우리랑 상관도 없고. 모이기로 했던 술집으로 가자!"

"그 전에 길드로 돌아가서 정보 수집 안 하고?"

"그런 건 나중에 해! 배고파!"

"예이예이. 알았어."

나 역시 술이라도 마시고 싶은 기분이고 말이야. 후지양과 합류하자.

[영웅 술집]은 금세 찾았다.

그곳은 술집이라기보다는 거대한 비어 가든이었다.

야외에 테이블과 의자가 여기저기 흩어져 있다. 뭐라고 할까, 대충 꾸려 놓은 술집이다.

여기저기에 모험가들이 술에 잔뜩 취해 있다. 의자가 부족한지 땅에 주저앉아 있는 무리도 있다. 즐거워 보이네! 흥이 올라오는데!

"타카츠키 님~! 루시 님~! 여기예요!"

니나 씨가 긴 귀를 좌우로 팔랑팔랑 흔들면서 손을 흔들고 있다.

"바로 미노타우로스를 쓰러뜨렸다면서요! 과연 대단하오."

후지양이 확보해 준 테이블에는 이미 요리가 산더미처럼 놓여 있었다.

"여전히 정보가 빠르다니까."

몇 시간밖에 안 된 얘기잖아?

"와~ 맛있겠다!"

루시가 거대한 베이컨과 빵을 입에 문다.

나는 에일을 한 잔 주문하고 자리에 앉았다.

"후지양은 뭐했어?"

"비공선 정기 운행편을 길드와 교섭했는데 말이오."

"헤에, 잘됐어?"

"물론이오. 우선 맥캘란, 그리고 대미궁, 로제스 왕도, 하이랜드 왕도를 연결할 예정이라오."

"그중에서는 맥캘란이 좀 붕 뜨네."

확실히 루시 말대로일지도. 오사카와 도쿄와 돗토리 같은 느낌?

"크리스티아나 님의 강한 의향이 있으셔서 말이지요."

과연, 맥캘란 영주 따님의 소망인가.

"스폰서한테는 거스를 수 없지."

힘들겠네.

"그러고 보니 사쿠라이 님이 이 마을에 와 있는 모양이오."

뼈가 붙은 커다란 고기를 깨물면서 후지양이 말했다.

"아까 봤어. 솔레이유 나이츠 사람들이랑 같이 있더라."

"오오! 소문의 [빛의 용사]님인가요! 주인님과 타카츠키 님은 빛의 용사님과 아는 사이이신 거군요!"

니나 씨까지 눈을 빛내고 있다.

다들 왜 그렇게 용사를 좋아하는 걸까.

"타키 님. 용사도 확실히 인기 있는 스킬이지만, 사쿠라이 님이 유명한 것은 [빛의 용사]이기 때문이오."

"[빛의 용사]는 다른 용사랑 뭔가 다른 거야?"

조금 미지근해진 에일을 마시면서 묻는다.

"마코토, 진심으로 하는 소리야?"

"타카츠키 님, 그건 너무 세상을 모르는 소리예요."

두 여성에게 핀잔을 들었다.

어라? 내가 이상한 건가.

"용사 스킬 소유자는 기본적으로 나라가 소중하게 보호하고 있소. 물의 나라 로제스의 [빙설의 용사], 불의 나라 그레이트키스의 [작열의 용사], 나무의 나라 스프링로그의 [풍수(風樹)의 용사]가 유명하지요."

"용사 스킬 소유자는 각국에 몇 명뿐이라 최고 대우를 받아."

"흐음, 부럽네."

역시 불공평하다.

"하지만 [빛의 용사] 스킬을 가지고 있는 인물은 역사상 한 명밖에 없었어."

"어? 한 명밖에?"

그랬……던가? 유명한 스킬인 줄 알았는데.

나도 아는 스킬이다.

"구세주 아벨. 그만이 가지고 있었던 스킬. 그것이 [빛의 용사] 스킬이라오."

"그리고 바로 1년 전에 역사상 두 번째 소유자가 나타났어요."

"마코토. [빛의 용사] 스킬은 구세주 아벨 님이 대마왕을 쓰러뜨린 이래 천 년간 아무도 가지지 못했어."

"허…… 그렇구나."

그야 주목을 받을 만하다. 천 년간 아무도 가지지 못했던 전설의 스킬.

그것도 세계를 구한 구세주님의 스킬이다.

"애당초, 우리가 이세계에 흘러들었을 때 [빛의 용사]의 소유권은 로제스가 주장했다고 하오. 처음으로 보호했으니까 말이오. 그런데 하이랜드가 압력을 가해 빼앗았다던가요."

"헤에, 뒤에서 그런 일이 일어나고 있었구나."

몰랐다. 사쿠라이, 이세계에서도 인기 폭발이네!

"후지양은 그런 걸 용케 알고 있네."

"상인이 되고 나서 나중에 알았다오. 로제스는 빛의 용사를 포기하는 대신 나머지 이세계인들을 우선적으로 스카우트할 권리를 얻었다던가요."

그 담당자가 그 물의 무녀 소피아인가. 확실히 번쩍거리는 눈으로 우리를 감정했었지. 생각했더니 화가 치민다.

"참고로 하이랜드의 [번개의 용사]님은 입장이 약해졌다고 해."

"그리고 [빛의 용사] 사쿠라이 님은 노엘 왕녀의 약혼자예요."

"어? 정말로?"

사쿠라이, 그렇게 된 건가.

"더구나 물의 무녀 소피아 님과의 사이도 소문이 있어."

"엉?"

뭐야, 그게. 두 나라의 왕녀가 들이대고 있다는 건가.

그런 곳에 왕녀가 둘이나 있었던 이유는 그건가.

"헹! 이 세계의 주인공은 사쿠라이로군."

두 잔째 에일을 확 들이켰다.

"그렇게 좋은 일만 있는 건 아닌 모양이오."

후지양이 쓴웃음을 지었다.

"하이랜드의 왕자들에게는 목숨을 위협받고 있다던가요. 소문이지만 말이오."

"노엘 왕녀는 [빛의 용사]와 약혼함으로써 하이랜드의 제2왕위계승자가 된 거예요."

"그 전까지는 노엘 왕녀의 오빠가 차기 국왕이었소만."

"아아, 그렇구나. 대국의 권력 싸움이라든가 더러운 싸움이 많을 것 같아……."

"반 친구인 요코야마 씨와 카와모토 씨도 고생하고 있는 모양이더구려."

사쿠라이의 측근 여자아이들 말인가.

라이벌이 왕녀면 힘들겠지.

"이번 [불길한 용] 토벌도 빛의 용사 안티 파벌의 음모라는 소문이오."

"그런 소문은 어디서 듣는 거야?"

루시가 의문을 입에 담는다.

기가 막히는 정보망이다. 그리고 나서는 대미궁에서 미노타우로스와 어떻게 싸웠다거나, 옛날에 니나 씨가 대미궁의 중층까지 갔다거나, 사실 [영웅 술집]의 술은 후지와라 상점이 대량으로 납품하고 있다거나 하는 잡담을 했다.

주변의 분위기를 타서 우리는 잔뜩 마셨다.

잠시 동안 즐거운 시간을 보낸 뒤.

너무 많이 마셨나 싶어 물을 홀짝홀짝 마시고 있었더니, "여기 비어 있을까?"

라며 그 남자가 스르륵 나타났다. 봄바람처럼 산뜻한 목소리.

""어?""

루시와 니나 씨는 멍해지고.

"이거, 놀랐구려."

후지양이 눈을 동그랗게 뜬다.

"마침 네 얘기를 하고 있었어."

나는 말했다.

"오랜만이네. 타카츠키, 후지와라."

나타난 사람은 온 대륙이 주목하는 대상인 [빛의 용사] 사쿠라이 료스케였다.

이쪽의 허락을 얻지 않고 빈자리에 앉는 사쿠라이.

그의 복장은 아까와 달리 소박한 서민의 옷차림으로 바뀌어 있었다.

하지만 주름 하나 없는 고상한 복장은 지저분한 모험가가 많은 이 술집에서는 튀었다.

"비, 빛의 용…… 읍."

루시가 큰 소리를 내려고 해서 황급히 입을 막았다.

"처, 처음 뵙겠습니다…… 만나 뵈어서 영광입니다."

드물게 니나 씨까지 긴장으로 목소리가 높아져 있다.

"용케 우리가 여기 있는 걸 알았구려."

후지양이 당연한 의문을 입에 올린다.

"후지와라 상회 점주가 우리 기사단에게 대량의 선물을 보냈다는 보고가 있어서 말이야."

"후지양, 그런 일까지 했었구나."

"그저 뇌물이오. 솔레이유 나이츠는 대륙 최대의 군대니까요. 사이좋게 지내서 손해 볼 일은 없지요."

웃으면서 말하지만, 뇌물이라……

후지양은 정말 나랑 같은 나이일까.

"맥캘란 산 화주(火酒)는 단원들 중에도 팬이 많아. 선물 고맙다."

사쿠라이가 상큼하게 웃었다.

"게다가 타카츠키까지 있을 줄은 몰랐어! 시간을 내서 온 보람이 있네."

"아, 아아, 오랜만이야. 잘 지내는 것 같네."

사쿠라이가 미국인처럼 어깨를 두드리며 재회를 축하한다. 동작 하나하나가 모양이 나는구나. 진짜 변함이 없네, 이런 미남 같으니라고.

"무슨 [불길한 용]이란 걸 토벌하러 왔다고 들었는데?"

"응, 그래. 신참 기사라 성가신 일을 떠맡아서 말이야."

조금 곤란한 얼굴로 미소 짓는 빛의 용사.

"사쿠라이한텐 여유잖아?"

나는 가벼운 비아냥을 담아서 말했다.

"그렇지 않아. 나는 오늘 막 왔을 뿐이고. 맞다! 타카츠키가 대미궁을 잘 안다면 안내해 줄 수 없을까?"

"어! 우리가, 해 드…… 읍!"

루시가 성급해질 것 같아서 다시 입을 막았다.

"우리도 오늘 막 왔어. 미안하지만 힘이 되어 줄 수 있을 것 같지 않아."

"그런가, 아쉽다."

설마 진심으로 안내를 부탁하려고 한 건 아니겠지만.

그 후 사쿠라이가 용사로서 고생한 이야기를 조금 들으며 후지 양과 니나 씨가 맞장구를 치거나 칭찬하거나 했다. 시간은 15분 정도였을까.

마지막에는 "그럼 나는 뒤에 일정이 있어서."라면서 떠났다.

결국 뭐 하러 온 거지?

술도 한 잔도 안 마셨고. 세상 이야기를 하러 온 걸까?

"와, 엄청 떨었네요."

긴장으로 딱딱해져 있던 니나 씨가 입을 열었다.

"기억 못 할 거라더니 뭐야! 완전 친하잖아!"

루시는 크게 흥분하고 있다.

"허 참, 깜짝 놀랐구려."

"후지 양은 사쿠라이랑 사이가 좋았던가?"

"아니, 전혀요. 타키 님이야말로 친한 것 아니오?"

"그럴 리가 없잖아."

반에서는 전혀 대화를 하지 않았다.

"마코토! 미궁 안내를 왜 거절한 거야! 아깝게."

"바보야. 녀석들의 목적은 하층의 용 퇴치라고. 우리가 안내할 수 있을 리가 없잖아. 진심으로 여기지 마."

"사쿠라이 님은 진심인 것 같았는데 말이오."

"주인님이 말씀하시니 설득력이 있네요."

마음을 읽을 수 있다는 건 모를 텐데, 니나 씨는.

하지만, 그렇구나. 사쿠라이, 진심이었나? 무슨 생각을 하는 건지…….

"자, 뭐가 뭔지 잘 모르겠지만 다시 마시자."

감자튀김을 씹었다. 이제 차갑다.

"왜 그렇게 냉정한 거야…….."

루시는 질린 얼굴이었지만, 같은 반일 때는 매일 만났으니까.

루시처럼 호들갑을 떨 마음은 안 든다.

"아, 이런. 오늘 묵을 곳을 안 정했네."

"그거라면 걱정 마시오. 두 분의 숙박 장소는 예약 완료라오."

"항상 미안하네."

진짜 도움을 많이 받는다.

후지양이 예약한 곳은 상인들이 묵고 있는 숙소였다. 푹신푹신한 이불에는 깃털이 잔뜩 들어 있었다. 이세계에도 오리털 이불이 있었다니. 푹신푹신해!

◇

다음 날 후지양은 상담이 있다며 니나 씨와 함께 어딘가로 사라졌다.

우리는 어제의 연속이다. 대미궁 안쪽을 목표로 하자. 던전 탐색 이틀째.

"오늘의 루트는?"

루시가 묻는다.

"물의 동굴."

"에엑~ 또?"

"자, 이걸 봐."

상층 맵을 보여 주었다.

"라비린토스의 대폭포?"

"대미궁 안에서도 1, 2위를 다투는 절경이래."

"헤에…… 커플에게도 인기. 대폭포 견학 투어는 모험가 길드에서 모집하고 있다고. ……여기 진짜 던전이야?"

확실히 이것만 보면 그냥 관광지로군.

"최근에는 마물이 많아서 견학 손님은 적은 것 같지만."

"흐음, 커플이라……."

"루시, 왜 그래?"

"어? 아니, 아무것도 아니야! 마코토가 꼭 가고 싶다면 어쩔 수 없지!"

동의해 주었다. 우리는 다시 물의 동굴을 걸었다. 두 번째라 익숙하다.

미노타우로스가 어슬렁거릴 가능성도 있으므로 마음을 놓지는 않는다.

물의 던전은 전체적으로 어두침침하지만 군데군데 발광석이 있어서 동굴 자체를 파랗게 비추고 있다. 안쪽으로 갈수록 푸른 색이 더해져 환상적인 공간이 된다.

'좋구나, 던전은.'

나오는 마물이 약하기도 해서 느긋하게 탐색할 수 있었다.

어제 미노타우로스가 상층에 출현한 탓인지 물의 동굴에서 스쳐 지나가는 모험가는 적었다.

우리는 적 탐지를 하면서 천천히 나아갔다.

위화감을 느낀 것은 한동안 안쪽으로 나아간 뒤였다.

마물은 아닌 무언가가 우리에게 딱 붙어 따라온다.

우리가 걷는 속도를 바꾸면 같은 속도로 따라온다.

'이건…….'

"루시."

작은 목소리로 속삭였다.

"우리, 미행당하고 있어."

4장 타카츠키 마코토, 대미궁을 탐색하다

"우리, 미행당하고 있어."

나는 작은 목소리로 루시에게 알렸다.

"어?" 하고 돌아보는 루시.

"마코토, 눈치 못 챘었어?"

"어?"

어라?

"던전에 들어오기 전부터 계속 따라오고 있었는데?"

진짜냐고!

"빨리 말해!"

"마코토가 벌써 알아차린 줄 알고……. 미안."

침울해지는 루시.

"아, 아니. 색적은 내 역할이었어. 그런데 용케 알아차렸네."

"어쩐지 나를 빤히 노려보더라구. 검의 원한이 어쩌고 하면서. 저놈들 모험가 길드에서 시비 걸었던 무리지? 이런 데까지 쫓아오다니 음험한 놈들이네."

"……."

이, 이봐 잠깐! 이거 꽤나 위험한 상황 아냐? 이런 던전 안쪽까지 [은신] 스킬을 써서 쫓아올 정도다.

상당히 원한을 산 것 같고, 좋지 않은 생각을 하고 있을 것 같다.

[색적] 스킬로 찾아보니 우리를 쫓아오는 자들은 열 명 정도.

역량은 모르겠지만 부디 아이언 랭크 이하였으면 좋겠다.

골드 랭크나 실버 랭크가 있다면 끝장이다. 나나 씨 클래스라는 뜻이니까. 승산이 없다.

"고작해야 미스릴 검을 부러뜨린 정도로 호들갑이네."

"으, 으음……."

실은 어제 후지양에게 미스릴 검의 가격을 물어보았다.

'500만G(겔) 밑으로는 안 내려간다오'라고 했다.

500만G은 아이언 랭크 모험가의 평균 연수입 정도다.

응, 자기 연수입이랑 같은 가격의 소지품이 부서진다면 나라도 복수를 맹세하겠지.

"……일단 도망칠까. 물 마법 : 안개."

동굴 전체에 안개를 발생시킨다. 뒤이어 [은신] 스킬 발동. 루시와 손을 잡는다.

이제 놈들이 적당히 먼저 지나가게 하면 된다. 대미궁은 갈림길이 많다.

시야를 차단하고 은신 스킬을 쓰면 따돌릴 수 있을 거다.

"제길, 눈치챘나."

"찾아라! 멀리는 못 갔을 거다."

"서로 떨어지지 마라. 마물도 있으니까."

우당탕 하고 발 소리가 멀어져 갔다.

"없어졌어."

루시의 귀로 확인했으니 확실하겠지. 내 [색적] 스킬에도 반응은 없다.

"하아……. 미안, 루시."

"왜 마코토가 사과해."

"내 판단 미스였어."

길드에서 상대의 검을 부러뜨리는 게 아니었다.

얕보이지 않으려고 했던 건데 결과적으로는 파티를 위험에 노출시키고 말았다.

"무슨 소리야, 마코토는 잘못하지 않았어. 적반하장으로 나오는 저놈들이 나쁜 거지."

눈부신 웃는 얼굴로 단언했다. 루시가 동료라서 다행이다.

적반하장은 아니라고 생각하지만.

"이제 어떡할까?"

루시가 묻는다.

"우선 원래 목적인 대폭포로 가자. 아까 그 똘마니 모험가들 문제는…… 나중에 생각하자."

솔직히 머리가 아프다.

"무시하면 되는 거 아냐?"

"그럴 수는 없잖아."

계속 노림을 당하는 건 탐탁지 않다. 돌아가면 후지양에게 의논해 볼까. 우리는 주위를 경계하면서 던전 탐색을 계속했다.

——대미궁 라비린토스.

대륙 최대의 던전으로 볼 곳이 많다. 그중에서도 특히 유명한 것이 상층과 중층을 관통하듯이 존재하는 [대폭포]다.

"와아…… 엄청난 경치야."

"나이아가라다……."

무심결에 예전 세계에서 제일 유명했던 폭포를 중얼거렸다. 루시도 옆에서 시선을 빼앗겼다.

던전 상층 안쪽에 갑자기 절벽이 나타나고 커다란 지저호가 펼쳐져 있었다.

그 지저호 주위에는 거대한 폭포가 끝없이 이어져 있다.

전체 모습이 보이지 않을 정도로 거대한 지저호에 위쪽은 뚫려 있는지 빛이 내리쬐어 환상적인 경치를 연출하고 있었다.

그 햇살 속을 커다란 새들이 날아다니고 있다.

"있잖아, 그런데 나이아가라가 뭐야?"

루시가 의문을 입에 올렸다.

"예전 세계의 관광 명소. 유명한 폭포야."

"흐음, 그런데 이 절벽 밑은 중층이지?"

"그래, 떨어지면 곤란해. 조심하자."

맵에 따르면 이 절벽의 높이는 예전 세계로 따지면 200미터 이상이다.

절벽 밑에 펼쳐진 지저호는 중층에 위치한다고 한다.

즉, 경치는 아름답지만 그 안은 강한 마물들의 소굴이다.

——그때였다.

""!?""

루시가 갑자기 뒤를 돌아보았다. 내 [색적] 스킬도 동시에 반응했다.

"이것 봐라, 진짜로 있었네."

"그러니까 말했잖냐. 신인들은 반드시 여기 온다고."

"여, 맥캘란의 모험가. 지난번에는 신세를 졌다."

나타난 것은 어제 시비를 걸었던 모험가들. 거기에 동료인 듯한 질 나빠 보이는 무리도 있었다. 총 열 명.

'이 정도 대인원을 알아차리지 못했다는 건…….'

작게 혀를 찼다.

"은신 스킬인가."

"미안, 마코토. 눈치 못 챘어."

"아니, 나도 똑같이 잘못이 있어."

따돌렸다고 생각했는데, 상대의 집념을 얕봤다. 내 실수다.

"어이, 엘프는 다치게 하지 마라. 좋은 가격을 받을 것 같군. 빨강 머리라니 드물지만."

"얼만데?"

"그걸 지금부터 감정하는 거지. 몸 구석구석까지 말이야."

히죽히죽 웃으며 천박한 대화를 하고 있다. 그렇구나, 이놈들 노예 상인인가.

"이봐, 당신. 무기를 부순 건 미안했어. 사과할 테니까 봐주지 않을래?"

아마 소용없겠지 하고 생각하면서 교섭해 본다.

"앙? 넌 여기서 죽는 거야. 별다른 장비는 없어 보이지만 그 단검은 좋은 가격에 팔릴 것 같군. 우리가 유익하게 활용해 주지."

역시 들을 마음은 없어 보인다.

"신인 사냥인가?"

루카스 씨가 주의를 준 대로였다.

"오오, 알고 있잖냐."

남자가 히죽 웃는다.

"얘들아! 포위해라!"

미스릴 검(부서짐)을 가지고 있던 남자의 신호에, 우리는 절벽을 뒤에 두고 포위당했다.

뒤는 절벽이다. 도망칠 곳은 없다.

"마, 마코토……."

루시가 내 옷을 붙잡는다.

나는 루시를 안심시키려고 어깨를 끌어안았다.

"그럼……."

작게 중얼거린다.

어떡할까. 몇 패턴인가 있는 대책 중 뭘 고를지 고민하던 때.

──지독한 '두통'이 덮쳐 왔다.

두통은 곧바로 가라앉았지만 노이즈 같은 귀울림이 계속되고 있다.

'……[위험감지] 스킬……?'

[위험감지] 스킬은 하위, 중위, 상위 클래스 마물의 접근을 감지하는 스킬. 마물이 접근했을 때 머릿속에서 경고음이 울리는 스킬이다. 하지만 상위 클래스의 더 위.

통칭 [재해 지정]이라 불리는 마물과 처음 조우했을 경우, '사람에 따라 두통이 발생하니 조심하렴~.' 하고 길드 접수원인 마리 씨에게 설명을 들었던 적이 있다.

[재해 지정] 마물이란 '개인은 이길 수 없다. 왜냐하면 상대는 재해이니까.' 라는 의미라고 한다. 재해 지정은 마을, 도시, 국가, 대륙 등으로 카테고리가 나뉘어 있다.

[재해 지정 : 마을]의 마물이 나오면 그 마을은 괴멸한다는 뜻이다.

즉 그 강함은 위험도 상위인 마물과 비교가 안 된다.

나는 루시를 세게 끌어당겼다.

"마코토……?"

"오오~ 여자를 지키는 기사다 이거냐? 갸륵하구만."

똘마니가 무슨 말을 하고 있지만 내 귀에는 들어오지 않는다.

어디지? 어디 있지? 어디서 오는 거야?

방심하지 않고 주위를 둘러본다. 그리고 '그놈' 이 모습을 드러냈다.

────────오오오오오오오오오오오오오오오오오오오오!!

공기를 진동시키는 거대한 생물의 울음소리가 굉음이 되어 울려 퍼진다. 불쑥 지면이 솟아오르고 거대한 생물이 모습을 드러냈다. 장소는 딱 질 나쁜 모험가들과 우리의 중간.

"드, 래……곤?"

루시가 속삭인다.

모험가들은 아무도 반응하지 못하고 있었다.

──드래곤은 모든 종류가 [재해 지정]이니까. 일단 발견하면 전력으로 도망쳐라.

길드 노점에서 루카스 씨가 설명했던 말을 떠올렸다.

루시와 질 나쁜 모험가들. 전원이 멍하니 그것을 바라보고 있다.

울퉁불퉁한 바위 같은 비늘.

전체적으로는 짙은 갈색이지만 군데군데 에메랄드처럼 녹색을 띠고 있다.

'이건…… 지룡인가?'

모든 것을 삼켜 버릴 듯한 거대한 입과 이빨. 모든 마물들의 정점.

그것을 보았을 때, 내가 느낀 감정은──── 감동이었다.

"굉장해……."

드래곤이 있어. 바로 그 드래곤이야!

처음 이세계에 왔을 때를 넘어서는 충격이 몸을 훑고 지나갔다.

처음 플레이했던 RPG에서 공주를 붙잡고 있던 마물의 왕. 한 번이라도 좋으니 만나고 싶었다. 그것이 지금 눈앞에 닿을 수 있을 듯한 위치에 있다.

'아아, 역시 이세계는 좋구나…….'

홀린 듯이 쳐다본 건 아마 단 2~3초였을까.

"마코토! 도망쳐야 해!"

'정신 차려! 마코토!'

루시의 비명과 여신님의 질책이 겹쳤다. 퍼뜩 제정신으로 돌아온다.

똑같이 정신을 차린 모험가들도 비명을 지르며 도망쳤다.

[드래곤에게 도전하겠습니까?]

네

아니오 ←

[RPG 플레이어] 스킬이 표시하는 선택지에 무심결에 쓴웃음을 지었다.

'터무니없는 소리야.'

나는 망설임 없이 루시를 끌어안고 절벽에서 뛰어내렸다.

"에에에에에에에에에에엑!"

귓가에 루시의 비명을 들으며 폭포 속에 몸을 맡겼다. 순간, 폭력적인 물의 흐름에 삼켜졌다.

'물 마법 : 물살!'

나는 침착하게 마법을 써서 물을 조종해 충격을 완화했다. 지저호가 깊어서 바닥에 부딪치는 일은 없었다. 그대로 물속을 나아간다.

지저호 속은 어두워서 아무것도 보이지 않았지만 [색적] 스킬로 마물 위치를 탐색했다.

'마물이 많아. 과연 중층이구나.'

대강 [색적] 스킬을 쓴 것만으로도 상당한 수의 마물이 있는 걸 알 수 있었다.

'우선 호수에서 나가자.'

끌어안고 있는 루시가 뭐라고 웅얼거리고 있지만 일단 무시하고 기슭으로 향했다.

우리는 육지로 올라가 커다란 바위 그늘에 몸을 숨겼다. [은신] 스킬로 마물에게 들키지 않도록 조심했다. 물에서 올라가자 루시가 펄펄 화를 냈다.

"잠깐! 말도 없이 갑자기 뛰어내리면 어떡해!"

"말했으면 그놈들한테 들켰을 거 아냐? 그런데 놈들은 괜찮을까."

"왜 살해당할 뻔했는데 걱정해 주고 있어……. 애초에 왜 그런 곳에 드래곤이 나온 걸까."

"루카스 씨한테서 하층에는 드래곤이 있으니까 너희는 절대 가지 말라고 들었는데……."

"드래곤이 상층에 있다니…… 반칙이야."

"그치. 그건 아이언 랭크는 감당 못해."

우리는 한숨을 쉬었다.

"어떡할까, 이제."

"상층으로 돌아가야지?"

"그래. 하지만 상층으로 돌아가는 길을 모르겠어."

"어? 폭포로 돌아가면 되잖아. 마코토의 마법으로."

"아무리 그래도 폭포를 오르진 못해."

폭포에서 떨어질 때 다치지 않도록 하는 게 고작이었다.

"혹시 이거, 위기인가?"

"좀 난처한 상황일지도. 하지만 우선 옷을 말리자."

루시와 나 자신에게 탈수 마법을 건다. 몸이 식으면 움직임이 둔해지고 체력도 잃게 된다. 가진 식량은 이틀 치 정도인가. 원정을 할 마음은 없었으니까 많이는 가져오지 않았다.

"위로 갈 수 있는 길을 찾을까."

"그렇게 말해 봤자, 계속 폭포가 이어지는데."

"군데군데 폭포가 끊어진 부분도 있으니까 마물을 피하면서 탐색하자."

우리는 지저호 주변을 탐색했다. 하지만 가도 가도 절벽과 폭포밖에 없었다.

이리저리 던전 안을 탐색하며 한나절 정도가 경과했다.

상당히 침울해지는 작업이지만 그런 기분을 누그러뜨려 주는 것은.

"멋진 경치네."

아마도 이 [대폭포]의 절경 덕분일 거다.

"너도 참."

루시가 어이없다는 목소리를 낸다.

"아까 드래곤 때도 생각했는데 마코토는 감각이 좀 이상해."

"그런가?"

"그래! 드래곤에게 눈을 빼앗기다니 이상한 사람이야. 위험한 걸 좋아해?"

음, 그렇지는…… 부정할 수 없는 듯한 기분이 들기 시작했다.

"어쩐지 던전에서도 두리번두리번하면서 즐거워 보이고. 위기감이 부족해."

"미안 미안, 조심할게."

"괜찮은 건지."

이런 별것 아닌 이야기를 하면서 탐색을 계속했다. 하지만 상층으로 올라가는 길은 전혀 발견되지 않았다. 조금 지쳐서 약간 길게 휴식을 취하고 있을 때…….

──우리는 그 아이와 만났다.

"저, 저기……. 모험가 분이신가요?"

처음 보는 소녀가 말을 걸었다.

이곳은 대미궁 중층 지저호의 폭포 뒤편에 있는 공간으로, 나와 루시는 교대로 쪽잠을 자고 있었다. 슬슬 이동을 재개할까 생각하고 있을 때였다.

"어라?"

루시가 말했다.

"……."

나는 그 아이를 빤히 관찰했다.

말을 걸어온 어린 소녀는 피부가 희고 머리는 푸석푸석하다. 하지만 매우 단정한 얼굴을 하고 있다. 입은 옷은 너덜너덜하고 군데군데 찢어져 어깨가 드러나 있다. 아무래도 큰일을 겪은 듯한 모습이었다.

"도와주세요……. 보답은 뭐든지 할 테니까……."

꺼질 듯한 아련한 목소리로 그 소녀는 호소했다.

다리가 꼬일 뻔하면서 비틀비틀 이쪽으로 다가온다.

"괜찮아? 동료랑 헤어진 거야?"

루시가 걱정스러운 얼굴로 달려가려 한다. 그 팔을 나는 꽉 잡았다.

"마코토? 왜 그래?"

"……."

"설마, 이렇게 힘들어 보이는 여자애한테 뭔가를 요구하려는 건 아니지?"

루시가 화난 표정을 짓는다.

"……저, 저기. 제가 할 수 있는 일이라면 뭐든지……."

소녀가 연신 도움을 요청한다.

"괜찮아, 곤란할 때는 서로 도와야지! 보답 같은 건 요구 안 해! 마코토, 손 놔!"

"……하아."

크게 한숨을 쉰다.

"잠깐! 내가 어수룩하다는 거야!? 됐어. 마코토가 그렇게 야박한 사람인 줄 몰랐어. 나라도…….”

“루시, 그 녀석 마물이야.”

아까부터 [위험감지] 경고가 계속 울리고 있거든.

“어?”

루시가 입을 딱 벌리고.

“쳇!”

간절한 표정을 띠고 있던 소녀는 분하다는 듯 얼굴을 일그러뜨렸다.

빠직빠직빠직빠직빠직 하고 하반신에서 수많은 다리가 돋아났다.

“헤에, 아라크네인가.”

처음 보는 마물이다.

청초한 소녀의 상반신에 거대한 거미의 하반신이 붙어 있는 마물은 상당히 추악하여 임팩트가 컸다.

“꺄아아아아악!”

루시가 비명을 지른다.

“거미가 무서우면 루시는 뒤로 물러나 있어.”

“아, 아냐! 깜짝 놀랐을 뿐이야. 무서운 거 아냐!”

캬악! 하고 아라크네가 덮쳐든다. 어떡할까.

‘물 마법 : 아이스 니들.’

일단 물 마법을 썼다. 아라크네의 눈에 얼음 바늘이 박힌다.

캬아아악! 아라크네가 비명을 지른다.

“몸통에 거미 눈도 있는데, 그 눈으론 못 보는 건가?”

"뭘 침착하게 관찰하고 있어! 땅 마법 : 암석탄!"

루시가 지팡이를 겨누자 한 아름은 되는 커다란 바위가 대포처럼 발사되었다.

철떡 하고 끔찍한 소리를 내며 바위는 아라크네를 짓뭉갰다.

아라크네는 바위의 깔판이 되어 움직이지 않게 되었다.

"죽었어?"

"으음, 죽은 척일 가능성도 있으니까 확인하자."

'물 마법 : 아이스 니들.'

아아아아! 다시 눈을 찌르자 죽은 척했던 것인지 아라크네가 비명을 질렀다.

"루시 양, 잘 부탁해."

"마코토는 가차 없구나. 불 속성 부여."

루시가 발사한 암석에 불 속성 부여 마법을 영창한다.

아라크네는 치이익 하고 고약한 냄새를 풍기며 다리를 버둥거리다가 이윽고 움직이지 않게 되었다.

"수고했어, 루시."

"진짜 진짜로 놀랐어. 뭐야 저거."

"중층에는 사람으로 변신하는 마물이 많다고 마리 씨가 말했잖아. 아라크네, 라미아, 하피. 그리고 언데드 중에 인간처럼 보이는 놈도 있다고 들었고. 조심하면서 가자."

"아무리 그래도 좀비랑 인간은 착각 안 해."

"아마 뱀파이어 얘길 거…… 루시, 멈춰."

기묘한 소리가 들려왔다. 수많은 무언가가 기는 소리.

"저, 저기. 마코토……."

루시도 알아차렸나.

——사삭, 사삭

소리가 들린다. 사람의 발 소리가 아니다. 벌레다. 이건 벌레가 기는 소리다.

"마코토…… 이건……."

루시의 목소리가 떨린다.

"그래, 포위당했네."

진저리를 치며 대답한다.

커다란 거미 위에 여자아이의 상반신이 돋은 마물들이 스멀스

멀 나타났다. 모두 번쩍거리는 눈으로 우리를 보고 있다. 입맛을 다시는 놈도 있다.

육식계 여자인가? 물리적으로 육식계!

"이곳은……."

"아라크네의 둥지였나."

"이제 싫어……."

루시 양은 벌레를 싫어하는 여자인가? 아니, 누구나 그런가.

나도 눈앞의 광경은 꽤 힘들다.

"도망치자."

아라크네 무리가 서서히 거리를 좁혀온다.

"어, 어떻게?"

루시는 얼굴이 파랗게 질렸다.

"정령님, 정령님."

정령을 부른다. 이번에는 급하게.

'물 마법 : 날뛰어라! 수룡.'

잔재주는 통할 것 같지가 않아서 지금 할 수 있는 최대의 마법을 썼다.

나와 루시를 포함해 아라크네들을 물의 용이 날려 버린다.

정령 마법은 세세한 제어가 어렵지만 간신히 물의 용을 지저호쪽으로 유도했다.

나와 루시는 스스로 쏜 마법에 휩쓸려 지저호에 내팽개쳐졌다.

"푸핫! 도망치는 방법이 난폭하네."

"아니, 아직 완전히 도망치지 못했어."

아라크네들은 헤엄을 잘 못 치는지 지저호 안까지는 헤엄쳐 들어오지 않는다.

하지만 기슭에서 실을 쏜다. 저것에 붙잡히면 아마 도망칠 수 없을 거다.

"저기, 다른 마물이 모여든 거 아니야?"

"그러네. 좀 너무 날뛰었나 봐."

기슭에는 아라크네뿐만 아니라 오크와 동굴 늑대와 고블린의 모습이 보인다.

"루시, 혀 깨물지 마!"

"어? 꺅."

물 마법으로 수면에서 단숨에 가속한다.

[회피]!

첨벙! 방금 우리가 있었던 곳을 커다란 뱀이 큰 입을 벌리고 지나갔다.

"시, 시 서펜트!"

"물속에도 마물이 잔뜩 있네."

"위, 위에서 하피가 왔어⋯⋯."

확실히 머리 위에는 하피 몇 마리가 빙글빙글 날아다니고 있다.

"무, 무리야⋯⋯. 이러면 도망칠 수 없어⋯⋯."

루시의 눈이 약간 허망해졌다. 이런, 뭔가 좋은 정보를 줘야겠어.

"봐. 마물들끼리는 별로 사이가 좋지 않은 것 같아."

"어?"

아라크네와 오크와 동굴 늑대가 옥신각신하고 있다. 아, 시 서펜트가 오크를 끌고 들어갔다. 부이이익 하는 슬픈 목소리가 폭포 소리에 묻혀 지워진다.

"마코토!"

루시가 큰 소리를 지른다.

"꺄하하하."

하피가 뒤에서 덮쳐들었다.

"안됐네, 다 보여."

[RPG 플레이어] 스킬 덕분에 시야는 360도 양호하다.

눈치 못 챈 줄 알고 방심한 하피의 다리를 단검으로 베어냈다.

"후우, 좀 위험했군."

명경지수 스킬로 침착하다지만 조금 초조했다.

'마코토, 괜찮아?'

노아 님이 말을 걸었다.

"별로 괜찮지 않아요."

여신님, 좀 더 이끌어 달라고요.

"저, 저기. 이제 어떡하지……."

루시가 내 어깨를 세게 붙잡는다. 머리 위의 하피, 물속의 시 서펜트, 주위를 에워싸고 있는 것은 아라크네를 비롯한 마물들. 어디로도 도망칠 곳이 없다.

이렇게까지 마물에게 둘러싸인 건 처음이다.

[명경지수] 스킬을 최대치인 99%로. 진정해. 초조해했다간 끝장이다.

'마코토 혼자라면 도망칠 수 있는데?'

심술궂은 소리를 하시네요, 여신님. 저는 그런 짓 안 해요.

[회피]!

시 서펜트가 다시 덮쳐든다.

"루시, 나는 회피에 전념할 테니까, 어디든 좋으니까 기슭의 마물을 쳐부수자."

"하, 하지만, 기슭으로 올라갔다간 마코토가 물 마법을 못 쓰는데!?"

그렇지~. 정령의 힘은 좀 전에 빌린 지 얼마 안 돼서 곧바로 쓰지 못한다.

기슭으로 올라가면 나는 그저 짐짝이다.

[회피]!

하피의 공격을 피하면서 단검으로 벤다. 하피의 한쪽 날개가 잘려 지저호에 빠지는 것이 보였다. 마물이 줄어들 기색은 없다. 오히려 수가 늘어났다.

기슭 쪽에서는 다양한 마물들이 제멋대로 싸우고 있다. 소동에 이끌려온 것인지 한층 더 마물이 늘어났다. 아아, 이건 곤란해. 곤란한데.

[혼자 도망치겠습니까?]
네
아니오 ←

'야, 웃기지도 않는 선택지는 내지 말라고, [RPG 플레이어].
기각이다, 기각.'

"루시, 살아남자."

"으, 응."

나는 루시의 손을 붙잡고 단검을 고쳐 쥐었다.

5장 타카츠키 마코토, 재회하다

◇사사키 아야의 시점◇

"핫!"

나는 눈을 떴다.

"어, 어라?"

나, 안 죽었어? 자신의 몸을 탁탁 건드려 본다. 상처가…… 없어? 이상하다. 몸이 찢긴 기억이 있는데.

주위를 둘러본다. 이곳은 내가 좋아하는 폭포 뒤편 광장이다. 거처를 나오면 바로 있는 장소다.

"대모님! 얘들아!"

거처를 향해 달려갔다. 그건 꿈이야! 모두 살아 있어! 그렇지!

가슴이 기대에 고동친다.

"얘들아! 어디 있어!?"

큰 소리로 외친다.

대답하는 목소리는 없다. 눈에 익은 거처 입구를 지키는 큰 바위는 안쪽에서 부서져 있었다.

언제나 와글와글 붐볐던 동굴 안은 텅 비어 아무도 없다.

"⋯⋯⋯⋯⋯애들아, ⋯⋯⋯⋯어디 있어?"

평소의 거처가 아니다. 그 악몽 때와 똑같다.

'그건, ⋯⋯꿈이 아니었어⋯⋯.'

"윽, 윽, 우우⋯⋯."

눈물이 흘러넘친다. 모두의 마지막 광경이 눈에 새겨져 떨어지지 않는다. 그 공허한 눈. 피투성이가 된 대모님. 어떻게 그런 일이⋯⋯.

라미아족의 거처는 라미아족밖에 들어올 수 없는 마법이 걸려 있었다. 그래서 적이 들어오는 일은 있을 수 없다.

'누군가가 배신하지 않는 한은.'

큰언니, 아니. 그 빌어먹을 녀석⋯⋯. 자매를, 언니들을, 대모님을⋯⋯.

'용서 못 해! 용서 못 해! 용서 못 해! 용서 못 해!'

이유는 모르겠지만 나는 살아 있었다. 그렇다면 원수를 갚겠어. 그때까지 나는 죽을 수 없다.

그로부터 나는 마물을 사냥하고, 사냥하고, 사냥하고, 사냥하고, 사냥하고, 사냥하고, 사냥하고, 사냥하고, 계속 사냥했다.

특히 하피. 언젠가 우두머리가 나오지 않을까 기대하고 철저하게 뭉개 주려고 했지만, 그놈들은 하늘로 도망쳐서 손대기 어렵다.

최근에는 나를 보면 도망치게 되고 말았다. 제길!

자는 곳은 아무도 없는 라미아의 잠자리다.

문이 부서지고 말아서 예전처럼 안전하지는 않지만 다른 장소는 몰랐다.

혹시나 배신자인 그 녀석이 돌아오지 않을까 했지만 모습을 보이지 않았다. 어디로 간 걸까?

의외로 어딘가에서 객사했을지도 모른다. 하지만 만약 살아있다면.

————반드시, 내가 죽인다.

그 배신자와 하피들의 우두머리에게 복수하는 것만이 내 삶의 이유다.

하지만 난 강하지 않다. 적을 쳐부수려면 더욱 강해져야 한다.

그러고 보니 대모님이 이런 말을 했던가?

'강해지고 싶다면 인간을 먹거라. 그놈들은 신에게 축복받은 강한 힘을 가지고 있지. 힘이 강한 인간을 먹으면 강해질 수 있다. 나처럼 말이야.'

지금의 나는 하피의 우두머리에게 이길 수 없다. 나는 더욱 강해져야 해…….

수단을 가릴 때가 아니다. 하지만…….

'인간을, 먹어……?'

원래 인간이었던 내가 할 수 있을까? 하지만 그렇게 해서 복수할 수만 있다면, 해 주겠어.

내 마음은 복수의 살의에 검게 물들어 있었다.

그로부터 한동안은 오로지 홀로 계속 싸웠다.

어느 날의 일이다. 얕은 수면을 취하고 있는데 지저호 쪽에서 커다란 소리가 나서 눈이 떠졌다. 나는 황급히 잠자리에서 튀어 나갔다. 적이 습격한 건가 했는데 그렇지는 않은 듯했다.

마물들이 소란스럽다. 보러 가니 마물이 무언가에 무리 지어 있었다.

'저건 인간 모험가인가?'

언니들이 말했던 모험가 같아 보이는 인간들이 있다. 숫자는 두 명.

새빨간 머리의 여자와 회색 복장에 검은 머리의 남자.

여자 쪽은 마법사일까. 지팡이를 가지고 있으니.

남자는 뭘까? 경장비에 단검. 도적일까.

여마법사는 몸에서 방대한 마나가 흘러넘쳐 강한 생명력이 느껴진다.

'저놈을 덮치면…… 저놈을 먹으면 나는 강해질 수 있을지도 몰라.'

하지만 그 앞에 증오스러운 하피들이 있다. 먼저 저놈들을 정리하겠어!

하피를 해치우면서 두 사람을 관찰했다.

강한 것은 비교할 필요도 없이 여자 마법사 쪽이다. 남자는 근처 고블린 정도의 생명력밖에 느껴지지 않는다. 단연 약하다. 저놈을 먹어도 의미는 없을 것 같다.

처음에는 그렇게 생각했다. 하지만…….

'아니야……. 성가신 건 남자 쪽이야.'

수십 마리의 마물에게 에워싸인 상황에서 여마법사는 필사적인 모습으로 마법을 영창하고 비명을 지르며 시 서펜트나 아라크네의 실로부터 도망치고 있다.

반면 단검을 든 저 남자의 움직임은.

'저놈, 뒤에 눈이 달렸나?'

후방에서 덮쳐드는 하피를 최소한의 동작으로 피하고. 물속에서 튀어나오는 시 서펜트에게서 가볍게 도망치고. 아라크네의 실을 싹둑싹둑 자르고 있다.

신체 능력은 결코 높지 않아 보이는데, 마치 춤추듯이 가볍게 모든 공격을 피하고 있다.

'게다가 저 침착함은 뭐지?'

목숨을 건 아슬아슬한 줄넘기를 하면서. 잠시 마물의 공격이 없는 아주 짧은 시간에.

긁적긁적 뺨을 긁고 있었다. 이거야 원, 곤란한데, 같은 느낌으로.

'저 검은 머리 남자는…… 성가셔. 저놈부터 사냥하자.'

나는 집중력을 높였다. 그건 그렇고 저 뺨을 긁는 동작.

──어디서 본 적이 있는데………… 생각해낼 수가 없다.

어떤 얼굴인지 신경이 쓰였지만 등을 딱 돌리고 있어서 얼굴이 잘 보이지 않는다. 다만 어쩐지 그리운 느낌이 든다.

'기분 탓이야……. 아는 사람일 리가 없어. 사냥에 집중하자.'

나는 조용히 기회를 기다렸다.

◇타카츠키 마코토의 시점◇

"으음, 마물이 안 줄어드네!"

"메테오!"

루시가 쏜 마법이 거대한 물기둥을 발생시킨다. 벌써 일곱 발째다.

상당한 수의 마물을 휩쓸었지만 아직 남은 마물 숫자가 많다.

"괜찮아? 루시."

"으, 응, 마력은 아직 괜찮아."

과연 왕급 마법사. 바닥이 없는 마력량이네. 하지만 집중력 쪽이 한계에 가까운 듯하다.

"루시. 잠시 마법을 자제하고 쉬고 있어. 내가 회피할 테니까."

"아, 알았어……."

비틀거리는 루시의 어깨를 끌어안고 주위를 둘러본다.

우리를 에워싸고 있는 마물은 50마리 이상. 대부분은 위험도가 하위~중위 클래스인 마물이다.

그중에서 조심해야 하는 것은 두 마리.

하나는 커다란 악어 같은 마물, 대왕 악어 킹 크로커다일. 이건 길드 벽보에 정보가 있었다. 지저호의 주인이라고 한다. 다만 지금은 우리에게 관심이 없는지 오크나 고블린을 덮치고 있다. 그래서 그렇게까지 걱정되지는 않는다.

문제는 다른 한 마리다. 깨닫고 보니 이 혼전에 섞여 있었던 라미아 한 마리.

'일반적으로 라미아는 무리 지어 행동한다고 들었는데…….'

이 라미아는 단 한 마리로 행동하고 있다.

언뜻 보기에는 하피나 아라크네와 싸우고 있어서 이쪽에 관심이 없어 보이지만…….

'이쪽을 노리고 있나?'

[위험감지] 스킬 경보가 계속 울리고 있다. 계속해서 경고한다.

'게다가 엄청나게 강해. 이놈.'

라미아족은 단일 개체로서의 위험도는 중위 클래스. 하지만 이놈은 일격에 오크를 쳐 죽이고 하피의 날개를 종잇장처럼 찢어 버리고 있다.

아니, 하피는 이 라미아의 모습을 보고 도망쳐 버렸다. 그 점만큼은 행운이었지만 저 라미아 한 마리의 위험도를 생각하면 낙관할 수는 없다.

아까 정령 마법을 쓰고 난 지 충분한 시간이 경과했다.

슬슬 큰 마법을 한 방 써서 마물들을 뿌리치고 싶은데…….

'저 라미아가 노리고 있는 중이라면 마법은 쓰고 싶지 않은데.'

큰 빈틈을 만들고 만다. 가능하면 신경을 분산시키고 싶다.

"루시."

"하악…… 하악…… 하악…… 왜, 왜?"

"아니, 아무것도 아냐."

라미아를 조심하라고 말하려 했는데, 그럴 여유는 없어 보인다. 내가 대처하자.

마물에 대고 일부러 등을 돌렸다.

[RPG 플레이어] 스킬의 시점 전환으로 시야는 360도 확보하고 있다.

라미아에게서 절대로 주의를 떼지 않는다.

'노림수에 걸려들까······.'

한동안 라미아에게 등을 돌린 채 주위 마물들의 공격을 피했다.

단검을 들고 때를 기다린다. 잠시 시간이 흐르고,

[위험감지] 스킬이 반응했다.

'왔다!'

라미아가 단숨에 거리를 좁혀 닥쳐온다.

'빨라!'

뒤돌아보자마자 단검을 휘둘렀지만 허무하게 허공을 갈랐다.

"물 마법 : 아이스 니들!"

특기인 눈을 멀게 하는 마법을 쏜다. 라미아의 눈앞에 얼음 바늘이 생겨나 발사된다.

거의 제로 거리에서 발사되는 얼음 바늘을 피할 수 있었던 마물은 없었다.

하지만 불발이었다.

'피했어!? 거짓말!'

마물이 이 마법을 피한 것은 처음이다.

"제길!"

상황은 몹시 곤궁해졌다. 나와 루시는 직접 격투는 젬병이다.

지근거리에서 라미아와 눈이 마주쳤다. 푸른 피부, 짙은 보라색 머리카락, 파란 눈.

'……아름다운 마물이군.'

상황에 안 맞는 감상을 품으며 루시를 지키기 위해 단검을 다시 겨눈다. 하지만 마물은 전혀 공격해 오지 않는다. 눈앞에 닥친 라미아는 놀란 듯이 눈을 부릅뜨고 말했다.

"타, 타카……츠키……?"

어? 이 마물, 지금 뭐라고 말했지?

그렇게 시끄러웠던 [위험감지] 경보가 딱 멎었다.

"마, 마코토!? 마물이 바로 앞에!"

루시가 갑자기 나타난 라미아를 보고 비명을 지른다.

루시 입장에서는 갑자기 나타난 것처럼 보이겠지.

"마……코토? 타카츠키…… 마코토!?"

라미아가 환희하는 표정으로 소리쳤다.

나를 풀 네임으로 부르는 마물. 발음도 완전히 일본인이다.

'이건…… 틀림없어. 이 라미아, 1학년 A반 친구야.'

하지만 이런 일이 있을 수 있나? 애초에 누구지?

'에잇! 다른 방법이 없으니까!'

"있잖아, 이 주변에 숨을 수 있는 장소 없어? 마물이 없는 곳으로 대피하고 싶어!"

라미아에게 묻는다. 라미아족은 대미궁 중층을 영역으로 삼고 있다.

우리보다 지리에 대한 지식이 있을 거다.

"이쪽!"

"알았어!"

라미아가 가리킨 곳은 크고 작은 폭포 속에서도 한층 더 큰 폭포. 아마 폭포 뒤편으로 가라는 뜻이리라고 추측했다.

"루시, 날 붙잡아."

"어, 아, 알았어!"

루시가 내 허리에 매달린다. 왜인지 라미아가 조금 울컥한 얼굴을 한다. 라미아까지 꽈악 매달렸어!?

"힉! 이, 이놈은 뭐야."

"루시, 걱정 마. 괜찮으니까."

약간 자신 없지만. 아까 그 아라크네처럼 방심시킨 다음에 꿀꺽, 이런 건 아니겠지?

"정령님! 도와줘! 물 마법 : 수룡."

아라크네의 둥지와 달리 지저호 위라면 물은 실컷 쓸 수 있다. 아까의 두 배 정도 되는 수룡이 날뛴다.

우리를 에워싸고 있던 마물들이 날아가 물에 떠내려가는 것을 곁눈질하며, 우리는 폭포 뒤편으로 도망쳐 들어갔다.

폭포 뒤편에는 널찍한 공간이 펼쳐져 있고 마물의 그림자는 보이지 않는다. 잘 도망친 건가.

"하아~. ……힘들었어."

"하악, 하악, 도망쳤다……. 근데 왜 이 녀석까지 있는 거야!"

"……."

루시가 황급히 뛰어 물러난다.

라미아가 우리를, 아니, 나를 빤히 쳐다본다.

"타카츠키."

"네, 넵."

무심결에 대답해 버렸다. 그런데 이 아이는…… 누구일까?

"타카츠키다아……."

이번에는 온몸을 탁탁 건드린다.

'으, 으음……. 이 친밀한 태도…… 틀림없이 내가 아는 사람 같은데. 게다가 제법 친한 사람이겠지…….'

"잠깐, 너희 뭐 하는 거야?"

루시가 조금 떨어진 위치에서 어처구니가 없다는 얼굴을 하고 있다. 옆에서 보면 마물에게 끌어안긴 것처럼 보이려나.

"……."

라미아는 루시를 무시하고 있다. 아니, 나밖에 안 보고 있다.

깊은 파란 눈동자가 내 눈을 빤히 쳐다본다. 약간 눈물이 맺혀 있어?

"어어, 저기."

할 수 없이 내가 먼저 라미아에게 말을 걸었다. 1학년 A반 친구로, 나에게 친밀하게 말을 거는 인물. 후지양을 빼면 한 명밖에 짚이는 데가 없다. 외모는 전혀 다르지만…….

'뭐, 틀렸으면 사과하자.'

"으음, 사사, 맞지?"

"왜 의문형이야? ……혹시, 타카츠키는 나를 못 알아본 거야?"

우왁. 엄청나게 기분이 안 좋은 목소리가 됐다.

"아니, 그게. 모습이 전혀 달라서."

"아, 그렇구나. 얍, [인간화 마법]."

오오, 라미아가 점점 인간의 모습으로……. 앗, 잠깐, 기다려!

"너, 옷은 좀 입어!"

루시 말대로다. 사람 모습이 된 라미아는 나체였다. 황급히 뒤로 돈다.

"사사! 뭔가 입을 거 없어?"

"으음, 근데 마물이라서. 평소에도 이 모습인데?"

어째 부끄러움을 잃어버리지 않았어?

"이거 빌려줄게."

루시가 망토를 사사에게 건넨다.

"고마워."

사사는 망토를 드레스처럼 감았다.

"그리고 이거 입어."

내 윗옷을 걸치게 했다.

다행이다, 이제 얼굴을 보고 이야기할 수 있어.

"오랜만이야, 사사."

"타카츠키!"

어후, 끌어안겼다. 부드러운 감촉이 몸을 덮친다.

"저기, 마코토. 얘 누구야."

루시가 불만스러워 보인다. 맞다, 소개를 해야지.

"미안 미안. 얘는 사사키 아야 양. 나와 같은 이세계 출신이야. 사사, 이애는 루시. 같은 파티의 동료야."

루시와 사사가 서로를 의심스럽다는 듯 빤히 쳐다본다.

"……잘 부탁해, 루시 씨."

"……잘 부탁해. 아야. 일단 마코토한테서 떨어져."

"오랜만에 재회한 건데 딱히 상관없잖아. ……너, 타카츠키 여자 친구야?"

"아, 아니거든!"

사사가 작게 한숨을 쉬었다.

"그럼 문제없잖아?"

"우우우."

뭐가 문제없는지 모르겠지만. 루시가 물러난 모양이다.

"사사. 그런데 왜 이런 데서 라미아를 하고 있어?"

묻고 싶은 게 잔뜩 있다.

"타카츠키! 들어 줘!"

더욱 세게 끌어안겼다.

"……."

루시가 노한 눈으로 우리를 노려본다.

자 자, 루시. 분명 사사는 힘들게 지내 왔을 테니까 다정하게 대해 주자.

"있지, 나……."

"……이런 일이 있어서……."

사사의 파란만장한 라미아 인생 이야기를 들었다.

"용서할 수 없어, 그 하피랑 배신자! 내 마법으로 날려 줄게,

아야!"

"으, 응. 고마워…… 루시 씨."

열혈한 부분이 있는 루시는 감화되어 화를 내고 있는 듯하다. 역시 좋은 아이다.

"……."

"타카츠키? 왜 그래?"

나는 충격을 받았다. 라미아족으로 환생한 사사의 이야기.

던전 생활. 마물 무리와 싸우는 나날.

'나보다 훨씬 하드 모드잖아…….'

솔직히 이쪽 세계에 와서 신전에서 내 스테이터스가 낮은 걸 알고, 내가 이세계에서 제일 고생하고 있다고 생각했다.

'사사에 비하면 완전 이지 모드잖아!'

"좀 더 열심히 하자…….'

"어쩐지 고생이 많네. 타카츠키."

왜인지 동정의 눈길을 받았다.

"고생이 많은 건 사사잖아. 그건 그렇고 우리 던전 상층으로 올라가고 싶은데 혹시 길 알아?"

"상층? 지저호 위로 올라가는 샛길이라면 언니들에게 들어서 알아."

"좋았어! 루시, 가자. 돌아갈 수 있을 것 같아."

"있잖아, 나…… 같이 가도 돼?"

사사가 불안한 얼굴을 한다.

"당연하잖아, 같이 돌아가자."

두고 갈 수는 없잖아.

"응!"

또 끌어안겼다. 루시, 일일이 그런 눈으로 보지 말래도.

우리는 대미궁 상층으로 향했다.

"여긴가? 좀 좁으니까 조심해."

"아니, 좁은 정도가 아니라."

"아슬아슬하네……."

길이 아니라 구멍이었다.

"라미아 모습이면 쉬운데 말이야~."

"으으, 바위가 울퉁불퉁해서 무릎이 아파……."

"사사, 이제 얼마나 남았어?"

"슬슬 나갈 수 있을 거야. 출구다."

올라간 곳은 분명히 물의 동굴이었다.

"사람이 없네."

"아마 시간이 일러서일 거야."

"엑! 그렇게 시간이 많이 지났어?"

루시가 놀란 목소리를 냈다.

"여기가 상층이구나."

사사가 두리번두리번 던전을 둘러보고 있다.

"사사는 상층에는 처음 왔어?"

"응, 위에는 인간이 많으니까 위험하다고 들었거든."

"중층 마물한테는 상층이 위험한 건가……."

제법 재미있다.

"마코토, 여기는 물의 동굴에서 어느 부근이야?"

"아마 입구와 대폭포의 중간 지점 쯤일까."

맵핑 스킬로 확인한다. 색적 스킬을 쓰니 약한 마물밖에 반응이 없다.

"일단은 무사히 탈출했네."

우리는 하루 만에 대미궁에서 나올 수 있었다.

던전 밖으로 나가자 밤이 밝아 아침 해가 떠올라 있었다.

◇후지양의 시점◇

하룻밤이 지나도 타키 님과 루시 님이 대미궁에서 돌아오지 않는다.

"주인님, 그렇게 걱정이시면 제가 대미궁에 들어갈게요."

니나 님이 제안해 주었다.

"으음…… 하지만 상층에 드래곤이 출현했다는 발표가 있었으니 말이오. 아무리 니나 님이라 해도 혼자서 드래곤을 상대하는 건 무리겠지요."

"도망치는 것만이라면 어떻게든 됩니다."

고민스럽다. 어제 모험가 길드에서 상층에 드래곤이 나왔다는 발표가 났고, 모험가의 마을은 소란스러워졌다.

평소에는 몇 명밖에 안 되는 행방불명자 리스트. 그런데 어제는 하루에 수십 명이 리스트에 올랐다.

친구인 타키 님과 루시 님의 이름을 행방불명자 리스트에서 발견했을 때는 아연실색했다.

장사 이야기를 하고 있을 때가 아니다. 오늘 일정은 전부 캔슬했다.

하지만 친구들은 전혀 돌아올 기색이 없다.

"드래곤이 상층에 나타난 건 [불길한 용]의 영향일까요?"

"소문이 그렇지요……."

대미궁 안에 [불길한 용]이라 불리는 존재가 태어났다.

대미궁의 마물들조차도 도망친다는 모독적인 존재.

천 년 전 대마왕이 사역했다는 사악한 생물.

그놈 탓에 대미궁의 마물들의 행동이 이상해졌다고 모험가들이 이야기하고 있었다.

"타키 님이 드래곤을 만나지 않았다면 좋을 텐데 말이오."

"드래곤의 출현 위치는 대폭포 근처라고 들었습니다. 어젯밤 대폭포로 간다고 타카츠키 님이 말했던 것 같은데요."

"확실히 들은 기억이……."

아아, 걱정이오.

"하지만 타카츠키 님은 강력한 마물을 상대로도 침착하게 대처하시는 분. 분명 괜찮을 거예요!"

"그렇지요. 하지만 기다리기만 하려니 가만히 있을 수가 없구려."

"그럼 한 번 더 길드에 가 보…… 주인님! 타카츠키 님의 목소리가 들립니다!"

"뭐라고요!"

◇타카츠키 마코토의 시점◇

"타키 님!"

퉁탕퉁탕 하고 후지양이 달려온다.

"루시 님! 무사하셨나요! 어라, 그쪽 분은?"

생글생글 웃던 니나 씨가 갑자기 날카로운 시선을 보낸다.

사사에게서 마물의 기척을 탐지한 것일까.

"나와 후지양과 같은 이세계 출신자야. 여러 가지로 귀찮은 일
이 생기니까 안에서 얘기해도 될까."

"뭐, 뭣이! 사사키 님이 아니오!"

후지양이 경악한 목소리를 낸다. 굉장해, 한 방에 알아챘네.

뭐, 인간 모드에선 상당히 예전 모습이 남아 있으니까.

"후지와라는 바로 알아챘는데에. 타카츠키는 몰라봤지이."

"그런 말 하지 말래도."

철야로 마물과 싸워서 피곤했다고.

우리는 후지양이 빌린 방에 들어가 지금까지의 경위를 이야기
했다.

"세상에…… 그런 일이."

"사사키 님……. 힘든 일을 겪으셨네요."

사사의 이야기를 듣고 후지양과 니나 씨가 울먹거린다. 좋은
사람들이다.

듣자니 어제부터 계속 기다리고 있어 주었다고 한다.

참고로 사사는 옷을 갈아입었다.

여자 옷은 니나 씨 것밖에 없었던 모양인지 탱크탑에 짧은 팬츠. 밝은 곳에서 보니 피부가 창백하다.

머리카락은 보라색이 감도는 흑발. 다만 얼굴은 사사의 생김새 그대로다. 그리운걸.

"마코토. 왜 아야의 얼굴을 빤히 보고 있는 거야."

루시에게 핀잔을 들었다. 그 말에 이끌린 듯 사사가 이쪽을 돌아본다.

어리둥절한 얼굴은 옛날과 똑같다.

"그런데, 사사. 이제부터 어떡할 거야?"

뭐, 물을 것까지도 없어 보이지만.

"가족의 원수를 갚을 거야."

강한 결의가 느껴지는 목소리다. 한 번 결정하면 완고하니까 말이야. 옛날부터 똑같다.

"하지만 혼자서는……."

니나 씨가 무슨 말을 하고 싶은 듯이 후지양 쪽을 본다. 루시는 내 쪽을 본다.

[사사키 아야의 복수를 돕겠습니까?]

네 ←

아니오

생각할 필요도 없다. 사사는 소중한 친구다.

나는 [RPG 플레이어] 스킬에 '네'를 선택했다.

대미궁의 하피 여왕. 어떤 적인지는 모르지만 틀림없이 보스 캐릭터다.

공략하는 보람이 있지!

'마코토, 무리하면 안 돼.'

내 흥분을 눈치챘는지 여신님이 충고했다.

'괜찮아요, 신중하게 행동할 테니까.'

사사를 위해서도 만전을 기해야 한다.

맞다, 그러고 보니 해 줘야 할 말이 있었다.

'여신님, 감사합니다. 여신님의 인도 덕택에 소중한 친구와 재회할 수 있었어요.'

'어머, 그래. 후후후, 잘됐구나.'

여신님에게 감사 인사를 하자 그리 싫지만은 않은 듯한 목소리가 돌아왔다. 그리고 나서 후지양 쪽을 보았다.

"후지양, 하피 여왕 공략 계획을 세우자."

"흠, 그러기 위해선 우선 정보 수집을 해야겠구려."

우리는 씨익 하고 마주 웃었다. 과연 절친, 마음이 통하네.

"어라, 신났네. 마코토."

루시가 의외라는 듯이 말했다.

"당연하잖아. 곤란에 처한 반 친구를 도와야지."

"고마워, 타카츠키, 후지와라……."

사사가 울먹거린다.

"하지만 하피의 우두머리는 상당한 강적인 듯합니다."

니나 씨가 모험가 길드의 수배서를 보여 준다.

[대미궁 라비린토스 : 중층. 하피의 여왕과 아이들——보수 : 300만G(재해 지정 후보)]

"이건 강한 거예요?"

"으음, 무리 전체를 상대로 한다면 그리폰보다 귀찮겠지요."

"그것보다 강하구나……."

루시가 싫은 얼굴을 한다.

"상관없어. 일반 하피라면 내가 일격에 죽일 수 있으니까."

주먹을 쥐는 사사는 든든하다. 꽤나 무투파가 되었구나.

"그런데 후지양. 사사는 진짜로 그냥 라미아일까?"

"어? 무슨 뜻이야?"

사사가 돌아본다.

"보통 라미아보다 상당히 강한 느낌이 드는데."

"그건 소생도 신경이 쓰이는구려. 사사키 님의 이야기로는 한 번 죽은 줄 알았는데 살아 있었다고 하니, 불가사의한 힘이 느껴지오. 그러니 이걸 씁시다."

후지양이 손에 들고 있는 것은 [소울 북]이었다.

"교회가 아니면 못 받는 거 아니었어?"

정확히는 '교회가 아니면 구입할 수 없다'인가.

"후후후, 다양한 루트가 있어서 말이오. 자, 사사키 님. 이 책자를 들어 보시오."

"응, 이게 뭔데?"

"사사의 스테이터스랑 스킬을 알 수 있어."

말하는 사이에 소울 북이 빛을 발했다. 스테이터스와 스킬이 판명된 듯하다.

"으음, 어떻게 보면 돼?"

"줘 봐."

사사에게서 소울 북을 받아 모두 함께 들여다보았다.

사사키 아야 : 라미아족

레벨 : 34

고유 스킬 : [변화] [진화] [액션 게임 플레이어] ··············

통상 스킬 : 없음

근력 : × ×

체력 : × ×

정신력 : × ×

민첩성 : × ×

··················

············

······

"레벨 30 이상!?"

"우왁! 뭐야 이거. 스테이터스가 말도 안 되게 높아."

"저, 졌네요……."

니나 씨가 쇼크를 받았다. 골드 랭크인 니나 씨보다 위라니.

"사사도 이세계 특전을 받은 건가."

"이건 대단한 거야?"

사사는 고개를 작게 갸우뚱하고 있다.

"스테이터스는 무시무시하지만, 스킬도 재미있구려."

"으음, 고유 스킬은 [변화] 스킬과 [진화] 스킬과…… 오?"

마지막 스킬, 이건.

"어라? 이건."

루시도 알아차린 듯하다.

──거기에는 [액션 게임 플레이어] 스킬이라고 쓰여 있었다.

"액션 게임 플레이어?"

"마코토의 스킬과 이름이 비슷하네."

루시가 말했다.

"주인님의 스킬도요."

니나 씨가 말했다.

"어디어디, 조금 더 자세히 봐 볼까요."

후지양이 사사의 소울 북을 들여다본다.

"기본 액션으로 [대시], [모으기 공격], [공중 점프]를 쓸 수 있
다……. 사사키 님, 쓸 수 있소?"

"으음, 확실히 달리는 속도가 갑자기 빨라진 적이 있었던가.
그건 스킬이라는 거였구나."

"대시는 통상 스피드의 세 배!?"

"사사키 님의 스테이터스에서 세 배가 되면 상당히 강력한 스킬이 되겠네요."

좋겠다. 나랑 달리 심플하고 쓰기 쉬워 보이는 스킬이다.

"사사, 완전 당첨이네."

"흐음, 그렇구나~."

딱 와 닿지 않는 얼굴을 하고 있다.

"아니, 이 스킬의 가장 말도 안 되는 부분은 여기라오."

후지양이 가리키는 방향을 보니.

[라이프 : 4/5] 스킬(※레벨 30 이상에서 발동)이라고 쓰여 있었다.

"이건……."

라이프라면 액션 게임에 잘 있는 그 라이프 말이지. 실패해도 다시 할 수 있다. 진짜로? 죽었는데 다시 살아난 건 이것 때문인가! 치, 치트 스킬이다!

"사사키 님이 하피의 우두머리에게서 살아남을 수 있었던 이유를 알겠구려."

후지양이 한숨을 쉬면서 말했다.

"어? 이게 무슨 스킬이야?"

"주인님, 설명해 주세요."

"저기, 타카츠키. 무슨 뜻이야?"

"아니, 사사 너는 알아야지!"

게이머라면 알 거 아냐.

"라이프라는 건 이세계에서 쓰이는 말이라오. '그 횟수만큼

재시도할 수 있다' 는 의미라오."

"재시도?"

루시는 아직 제대로 이해하지 못한 듯하다.

"아마도 [라이프 : 5]라는 건 다섯 번까지는 죽어도 되살아난다는 의미가 아닐까."

"아~ 그래서 4로 줄어든 거구나."

아무래도 사사는 이해한 듯하다.

하지만 루시와 니나 씨는 어리둥절해 있다.

"되, 되살아나?"

"즉, 빛의 성(聖)급 마법 [소생]과 같은 효과라는 뜻인가요?"

"뭐…… 아마도."

""히에에에엑!""

루시와 니나 씨가 겨우 이해한 듯하다.

"소생이라니, 교회에 의뢰하면 대체 몇백만G이 들어갈지 모르는데……."

"자기 자신을 소생시키다니 이미 신기(神器) 클래스네요……."

역시 우리 반 애들의 스킬은 치트구나.

"사사의 반칙적인 강함과 스킬은 알았으니까 일단 쉬자. 졸린 게 이제 한계야."

"응, 어질어질해."

"그렇겠구려. 우선 푹 쉬고 나서 작전을 세웁시다."

나와 루시는 잠에 푹 빠져들었다.

◇

"자, 그럼 하피 여왕을 쓰러뜨릴 작전 회의를 하자."

"""오우~."""

사사가 기세등등하다. 나머지는 짝짝 박수를 친다.

"가장 먼저 정보 공유를. 타키 님과 루시 님이 잠든 사이에 모험가 길드에 두 사람이 돌아온 것을 알렸소."

"아, 보고하는 걸 잊었네."

과연 후지양. 빈틈없이 배려해 주고 있다.

"덤으로, 대미궁에서 두 분에게 시비를 걸었던 소행이 나쁜 모험가들의 정보를 모았습니다."

니나 씨가 말했다.

"아무래도 그들은 아직 돌아오지 않은 듯하구려."

"그 말인즉슨……."

드래곤에게서 도망치지 못한 건가…….

"나쁜 놈들이니까 당연하지!"

"조금 마음이 아프지만, 나중에 습격당할 걱정이 없어졌으니 안심할게."

후지양과 니나 씨에게 고맙다고 인사했다.

"다음은 사사키 님인데 말이오."

"나?"

사사는 대미궁에서 돌아오고도 팔팔했는지 니나 씨와 옷을 사러 갔다고 한다. 지금은 원피스 같은 옷을 입고 있다.

"여기, 모험가 카드요."

"어? 그거 모험가 길드가 아니어도 받을 수 있던가."

그럴 리가 없다. 모험가 카드는 모험가 길드 이외에는 발행할 수 없고, 모험가 길드가 아닌 곳에서 입수하는 건 불법이다.

'하지만 뭐, 후지양이니까.'

뒤쪽 루트가 있겠지. 후지양의 쓴웃음이 그 생각을 뒷받침해 주었다.

"으음, 이름은 사사키 아야……. 종족이, 아인(亞人)?"

"일반적인 방법으로 길드에 가면 마물이라는 걸 들켜 버리니 말이오."

"아아, 확실히 그렇겠네."

루시가 고개를 끄덕인다.

"마물이란 걸 들키면 곤란해?"

"타카츠키 님……."

니나 씨가 어이없다는 얼굴을 했다.

"마물과 마족은 모험가 카드를 발급받을 수 없소. 이 인간족 세계에서는 토벌 대상이니까 말이오."

"그렇구나."

어라? 그럼 루시는? 흘끗 보았더니 루시와 눈이 마주쳤다.

그리고 루시는 눈을 피했다.

'분명 루시는 엘프와 마족의 혼혈이라고 말했는데.'

루시의 모험가 카드에는 그냥 엘프 종족이라고 되어 있었다. 분명 뒤쪽 루트를 쓴 거겠지. 엘프 마을의 귀한 아가씨라고 했으니.

"그럼 라미아라는 건 숨기면 되는 거지."

"네, 사사키 님의 피부가 창백하니, 종족 질문을 받으면 해인족(海人族)이라고 대답하는 게 좋겠지요. 남국 쪽이 아니면 없으니 거의 만날 걱정은 없습니다."

과연 후지양과 니나 씨다. 여러모로 생각해서 먼저 손을 써 준다.

"그럼 본제로 들어갑시다."

후지양이 하피 여왕의 수배서와 그밖에도 종이 몇 장을 펼친다.

그것을 모두 함께 보았다. 아무래도 목표 마물에 관해 여러 가지로 기재되어 있는 듯하다.

"하피의 약점은 불 마법?"

"뭐, 날개가 잘 타니까. 부탁할게, 루시."

"응, 맡겨 줘!"

루시가 소매를 걷어붙인다. 불 마법은 마물이 상대면 정말 편리하구나.

"하피의 숫자는 어느 정도일까요?"

"라미아족 가족이 대략 백 명 정도 규모였으니까, 비슷하지 않을까."

니나 씨의 물음에 사사가 대답한다.

"그 숫자를 정면으로 상대하는 건 피하고 싶구려."

"불의의 습격으로 일망타진할 수 없을까."

"루시 님의 불 마법이라면, 잘만 하면……."

"루시의 노 컨트롤 마법에 과도한 기대는 하지 않는 편이 좋아."

"잠깐! 마코토, 너무해!"

루시가 퍽퍽 때렸다.

"있잖아, 마코토의 물 마법? 그것도 굉장했잖아."

반대쪽에 있는 사사가 내 어깨를 두드린다.

참고로 루시와 사사 사이에 내가 끼여서 앉아 있다.

"물 마법은 공격 특화가 아니야. 마물에게 에워싸였을 때 사용한 [수룡] 마법은 마물을 날려 버렸을 뿐 해치운 게 아니야. 개중에는 익사한 놈도 있을지도 모르지만."

"물 마법 : 수룡! 특급 마법이잖아요!"

니나 씨가 놀란 목소리를 냈다.

"정령에게 마력을 빌려서 간신히 쓸 수 있는 거라, 제가 특급 마법사인 건 아니에요."

"그래도 대단한 거라오."

"응, 타카츠키 대단했어."

사사가 말하면서 나에게 달라붙는다.

"공격은 내가 할게. 문제는 하피의 우두머리가 어디 있는가야."

루시가 내 팔을 붙잡고 달라붙는다. 루시는 체온이 높아서 뜨겁다.

"아마도 라미아랑 똑같이 어딘가에 거처가 있을 거라고 생각해."

사사가 더욱 달라붙는다. 라미아족의 특성인지 피부가 서늘하다.

루시와는 완전히 반대다.

아니, 두 사람이 달라붙으니까 몹시 불편한데요……. 좁아.

"으음, 모험가 길드에서 여러 가지로 탐문해 보았지만 하피의 둥지에 관한 정보는 없었소."

"스스로 찾을 수밖에 없나……."

"그럼 오늘은 두 그룹으로 나누자. 나와 사사는 대미궁 탐색. 후지양, 미안하지만 루시와 동행해 줄 수 있을까. 루시는 니나 씨네랑 모험가의 마을에서 탐문을 부탁해."

"에엑! 어째서. 나도 대미궁에 갈 거야."

루시가 항의의 목소리를 낸다.

"루시 님, 지금 대미궁은 어디서 드래곤과 조우해도 이상하지 않은 상황. 탐색은 위험해요."

"웃, 확실히……. 하지만 그렇다면 마코토도!"

"나는 주위에 물만 있으면 어떻게든 도망칠 수는 있어. 그리고 정령 마법을 쓰기 위해서 매일 물의 정령을 만나러 갈 필요가 있어."

"그렇소이까. 상당히 힘들겠구려."

"그 덕분에 특급 마법을 쓸 수 있으니까."

"나는 타카츠키에게 던전을 안내하면 되는 거지?"

사사가 말한다.

"그래, 하는 김에 스킬 연습을 하자. 은신 스킬은 익혀 두는 편이 좋을 거야."

"알았어. 타카츠키, 즐거워 보이네."

"어?"

그런가.

하지만 확실히 이런 보스 공략 준비는 처음이라 두근두근한다.

"미안, 사사. 좀 더 진지하게 해야 하는데."

"아냐, 나 혼자였으면 우울해졌을 거니까. 다 같이 협력하는 건 참 좋구나."

그렇게 말하는 사사의 표정이 어제에 비해 부드럽다.

"있지, 마코토. 단둘이라고 이상한 짓 하면 안 된다?"

"이상한 짓이 뭔데……."

루시가 볼을 꼬집는 것을 손으로 가볍게 털어낸다.

"밤에는 나랑 수행해야 돼."

"당연하잖아. 루시의 불 마법이 이번 공략의 중심이니까."

"응!"

자, 방침은 대략 정해졌다.

"좋아. 그럼 모두 행동을 개시하자."

모두가 크게 고개를 끄덕였다.

6장 타카츠키 마코토, 준비하다

◇사사키 아야의 시점◇

"어때? 사사, 은신은 쓸 수 있을 것 같아?"

타카츠키가 묻는다. 나는 현재 [은신] 스킬을 연습 중이다.

"응, 어렴풋하게 감각은 파악한 것 같아. 하지만 어렵네."

여기는 대미궁 중층의 지저호. 거대한 폭포 뒤편 광장.

내가 좋아하는 장소지만 최근에는 가족들을 떠올리게 되는 슬픈 장소다.

하지만 지금은 그다지 슬픈 기분이 아니다.

"…………."

옆을 보니 타카츠키가 공중에 손을 펼치고 작은 목소리로 뭔가 이야기를 하고 있다.

"뭐 해?"

"이 주변 정령에게 말을 걸고 있어. 사이좋아지려고."

"으음, 정령과 사이가 좋아지면 정령 마법이 강력해진다고 했던가?"

"그래그래, 까다로운 조건이 있는 마법이라서 말이야."

타카츠키는 "난감한 마법이지."라며 쓴웃음을 지었다.

"정령하고는 사이가 좋아질 것 같아?"

"그래, 대미궁의 정령은 반응이 좋아. 이야기하기 편해."

"흐음."

나한테는 정령인지 뭔지가 안 보이기 때문에 와 닿지 않지만 타카츠키는 즐거워 보인다.

언젠가 이 세계에 그가 있다면 기뻐하겠지 하고 생각했던 바로 그대로의 모습이었다.

그런 그를 멍하니 쳐다보면서 스킬 연습을 계속했다.

조용한 시간이 흐른다. 나는 눈을 감고 [은신] 스킬 연습을 계속했다.

그 평온함을 타카츠키의 날카로운 목소리가 깨뜨렸다.

"사사! 하피가 왔어!"

"!"

긴장감이 덮쳐든다. 약간 들떠 있던 마음이 차게 식는나.

폭포 틈새로 동굴 입구 쪽을 보니 하피가 몇 마리 선회하고 있었다.

저건 사냥감을 찾는 정찰부대다. 빠득…… 하고 이가 갈려 어금니가 소리를 낸다.

'제 집인 양 날아다니다니, 여기는 라미아족의 영역이었는데!'

그런 내 마음을 알아차렸는지 타카츠키가 침착하게 말을 걸어온다.

"사사, 충분히 준비하고 나서 놈들을 해치우자."

"……응."

"그런데, 저놈들은 항상 저 부근에서 와?"

"……으음, 내가 아는 한은 빛이 내리쬐고 있는 큰 구멍 쪽에서 와."

"그렇다면 둥지도 저 부근에 있다고 생각하는 게 좋겠네."

"하지만 하늘을 날 수 없는 우리는 저기로 못 가니까……."

나도 하피의 둥지는 지저호의 천장 부근에 있다고 생각한다.

하지만 거기까지 가는 길은 어디에도 없었다.

"그건 나중에 모두 함께 생각하자. ……하피들은 어딘가로 날아갔네."

타카츠키의 말대로 하피는 지저호 안쪽으로 사라졌다.

"이제 괜찮겠네."

"응."

우리는 다시 원래 하던 작업으로 돌아갔다. 마물에게 들키지 않도록 기본적으로는 조용하게 수행한다.

그래도 혼자서 던전에서 지내던 고독함에 비하면 얼마나 마음이 안정되는지.

'하지만~.'

모든 것이 마음이 편하냐면 그렇지는 않다. 신경 쓰이는 것이 있다.

'모처럼 단둘이 있는 기회인데.'

되도록 아무렇지 않은 듯이. 자연스러운 태도를 유념하며 타카츠키에게 말을 걸었다.

"있잖아, 타카츠키. 루시 씨랑은 어떤 관계야?"

"어? 왜 그래, 갑자기."

타카츠키가 어리둥절한 얼굴로 나를 돌아본다.

아, 좀 너무 직설적으로 물었나. 이상하게 생각했을까?

'그치만그치만그치만, 엄청 신경 쓰인단 말이야!'

타카츠키와 함께 있었던 빨강 머리 미소녀 엘프. 처음에는 무뚝뚝하다는 인상을 받았지만 이야기를 해 보니 시원시원한 성격의 아이였다.

그리고 왜인지 노출이 많다. 여자인 나조차도 움찔할 정도로.

무엇보다 가장 문제는 타카츠키와 단둘뿐인 파티라는 것.

단둘! 중학교, 고등학교 시절에는 나 아닌 여자와 이야기를 하는 걸 본 적이 없었는데! 우우…… 타카츠키, 이세계에 와서 여자한테 익숙해져 버린 걸까.

"어떤 관계냐니, 말했잖아. 반년 정도 전에 같이 파티를 짠 동료야."

"다, 단둘뿐인 파티지?"

"후지양과 같이 하기도 하고, 다른 모험가랑 같이 짜기도 하고, 그때그때 멤버가 바뀌어. 제일 많은 건 솔로일까."

"솔로라니…… 혼자 모험해?"

"마음이 편하니까. 나 고블린 사냥 같은 건 프로거든."

타카츠키는 '훗' 하고 웃고는 왜인지 의기양양한 얼굴을 했다.

그 얼굴은 중학교 시절 혼자서 쉬는 시간에 게임을 할 때와 같은 얼굴이었다.

'하나도 안 변했네.'

그립다. 그런 점이 안심된다.

"하지만 이제부터는 사사도 넣어서 3인 파티네."

"어?"

갑작스러운 말에 나는 깜짝 놀랐다.

"어라? 안 돼?"

"아니! 물론 좋아!"

놀랐다. 사실은 내가 먼저 파티에 넣어달라고 부탁하려던 참이었으니까.

그렇구나. 나는 이미 파티 동료인 거야!

"하, 하지만 아직 루시에게 의논하지 않았네."

"⋯⋯."

"뭐, 분명 괜찮을 거야. 루시는 분명 반대 안 할걸."

"⋯⋯그, 그래."

루시⋯⋯라고. 편하게 부른다.

내가 아는 한 타카츠키가 성이 아니라 이름으로 편하게 부르는 여자들은 없었다.

그렇게 생각하면 루시 씨와 꽤나 친한 듯하다.

'하지만 이쪽 세계에선 이름을 부르는 게 보통인 것 같지⋯⋯.'

루시 씨는 나를 다짜고짜 '아야'라고 불렀고.

'나도 마코토라고 부르는 게 좋을까~. 하지만 갑자기 호칭을 바꾸면 이상하고⋯⋯. 으음.'

흘끗 타카츠키 쪽을 보니 진지한 표정으로 정령 마법 수행을 하고 있다.

나는 개운치 않은 마음을 느끼면서 그날의 수행을 계속했다.

◇루시의 시점◇

"그럼 마법 연습을 할까."

저녁 식사를 마치고 모험가의 마을 외곽에서 마코토와 수행을 개시했다.

나는 오늘 하루 동안 후지양 씨, 니나 씨와 함께였다.

모험가 길드나 상인들에게서 하피 여왕의 정보를 모았지만 결과는 시원찮았다.

떠들고 있는 소문은 모두 [불길한 용]과 [솔레이유 나이츠]와 [빛의 용사] 이야기뿐이다.

"루시, 뭔가 재미있는 정보는 있었어?"

물 마법 수행을 하면서 마코토가 물었다.

"2, 3일 안에 솔레이유 나이츠가 [불길한 용] 토벌에 나간다는 것 정도일까."

"헤에, 그럼 토벌이 끝나면 대미궁의 마물이 진정되려나."

"소문으론 그렇대. 모험가도 상인들도 상층에서 드래곤이 나온 탓에 탐색자가 줄어서 장사가 안 된다고 한탄하고 있었어."

"뭐, 그렇겠지~."

그렇게 말하면서 마코토는 물 마법으로 작은 용을 만들어 둥실 둥실 날리고 있다.

조금 전까지는 수탄(水彈), 워터 볼이었는데. 점점 기술이 세세해진다.

"루시는 암석탄을 몇 개까지 만들 수 있게 됐어?"

"세 개뿐……."

"오~ 좋은데. 루시, 많이 늘었네."

그렇게 말하는 마코토 주위에는 미니 사이즈 수룡이 열 마리 이상 날아다니고 있다.

뭘까…… 순순히 기뻐할 수 없다.

"뭘 어떻게 하면 그런 세세한 컨트롤이 가능해?"

"물 마법 숙련도가 120을 넘으면 할 수 있어."

"……됐어."

물어본 내가 바보였어. 전혀 참고가 안 된다. 마법 숙련도 120이라니 뭐야?

내 불 마법 숙련도는 15이고 땅 마법이 11.

참고로 땅 마법 쪽이 쓰기 쉬운 건 지팡이 성능 덕이다.

정확하게는 거신이 마법을 걸어 준 지팡이 덕분이다.

지금 하는 수행은 땅 마법과 불 마법을 조합한 [메테오]의 숫자를 늘리는 수행.

이번 적인 하피는 수가 많다. 첫 공격으로 최대한 많이 처리하고 싶다는 것이 마코토의 의견이었다.

'하피 여왕……. 라미아족의, 사사키 아야의 가족의 원수.'

이번 모험의 시발점은 최근에 알게 된 라미아 소녀다.

이세계에서 라미아로 환생한 여자아이. 그리고 마코토의 친구.

'어떤 관계일까.'

일단은 '같은 학교에서 공부한 친구야.' 라고 했다.

마코토가 '전에는 좀 더 얌전한 아이였지만 말이야.' 라고 말하고 웃자, '무슨 뜻이야!' 하고 아야가 마코토의 머리를 때렸다.

사이가 좋다. 그뿐 아니라 둘의 거리가 가깝다.

지금까지 함께 지낸 시간이 길다는 게 엿보이는 행동들.

'오늘은 둘이서 대미궁을 탐색했고…… . 심지어 파티에 초대하겠다고 했고…… .'

사사키 아야를 파티에 넣는 건 딱히 불만 없다.

마코토와 후지양 씨의 친구. 이세계인이라 이쪽에 아는 사람이 따로 없다.

게다가 마물로 환생했기 때문에 사정을 모르는 사람과는 함께 있을 수 없다.

도우려 하는 건 당연하겠지. 다만 신경 쓰이는 점이.

'아마 아야는 마코토를 좋이……하는 거 아닐까.'

사사키 아야가 마코토를 바라보는 눈은 좋아하는 사람을 보는 눈이었다.

나와 똑같이.

"그런데 루시. 내일 말인데, 사사랑 같이 다니면서 마을을 안내해 줄 수 있어?"

"어? 꺄악!"

갑자기 마코토가 말을 걸어서 컨트롤하고 있던 암석탄을 떨어뜨리고 말았다.

불 마법으로 뜨겁게 만든 암석이 지면을 태웠다.

"괘, 괜찮아?"

"응, 괜찮아. 그런데 나만? 마코토는 뭘 하려고?"

"나는 대미궁 탐색이랑 정령과의 커뮤니케이션을 계속할 거야."

"대미궁에서 혼자 괜찮아?"

"샛길은 전부 맵핑했으니까 혼자서도 괜찮아. 사사에게 물건 사는 법이나 돈을 사용하는 방법 같은 걸 가르쳐 줬으면 좋겠어."

"아, 알았어."

'아야랑 단둘이라고.'

무슨 이야기를 하면 좋을까…….

수행이 끝나고. 개운치 못한 마음으로 그날을 마쳤다.

──다음 날

"많이 기다렸지, 루시."

머리를 양 갈래로 묶고 리본 달린 셔츠에 치마를 입은 아야가 약속 장소에 나왔다. 언뜻 보기엔 수수하지만 세세한 부분에서 멋을 부린 느낌.

이세계에선 저런 게 유행하는 걸까?

"그럼 갈까."

아야와 함께 모험가의 마을을 산책했다.

"이게 돈이고…… 이 상품의 시세는 이 정도고……."

"으음, 그렇구나. 그럼 이쪽 상품은?"

"그건……."

"응, 대강 알겠어. 고마워, 루시."

한동안은 여러 가게를 돌며 아야에게 돈의 시세와 어떤 상품이 있는지를 설명했다.

아야는 이해가 빨라서 금방 요령을 파악한 듯했다.

그 후 휴식할 겸 점심을 먹으러 식당에 들어갔다. 나와 아야는 베이컨과 채소가 든 토마토 소스 파스타와 홍차를 주문했다.

"와아~ 맛있겠다~. 있지, 루시, 이세계에도 파스타가 있구나!"

"응, 원래는 이세계 사람이 퍼뜨린 것 같지만."

"헤에, 그렇구나."

아야는 기쁜 듯이 양이 많은 파스타를 와구와구 먹는다.

'귀엽네……'

작은 동물 같다고 할까, 지켜 주고 싶어진다고 할까.

'실제로는 니나 씨랑 비슷할 만큼 강한 것 같지만……'

즉 골드 랭크 모험가와 동등한 능력이라는 뜻.

나보다 훨씬 강하다는 뜻이다.

점심을 다 먹고 홍차와 디저트를 먹으면서 잠시 동안 이 세계의 규칙을 설명했다.

그리고 아무렇지 않게 질문했다.

"그런데 아침엔 뭐했어?"

아야가 잠깐 볼일이 있다고 하면서 출발 시간을 늦춘 것이다.

"으음, 타카츠키가 대미궁에 간다고 해서 도시락을 만들었어."

"어?"

뭐야 그게! 몰랐어.

진짜로? 나, 마코토랑 같이 몇 번이나 모험을 갔지만 한 번도 그런 일을 한 적이 없는데…….

"헤, 헤에……. 그런데 마코토는 뭘 좋아해?"

분명 맥캘란 모험가 길드에서는 항상 꼬치구이와 주먹밥을 먹었으니까, 그건 좋아할 거다. 다음에 주먹밥을 만들어 갈까. 만든 적 없지만.

"으음, 타카츠키는 정크 푸드를 좋아하니까 맛이 강한 걸 좋아하는데……. 모험가를 하면서 식사가 치우쳐 있다고 들어서 오늘은 채소가 많이 든 샌드위치를 줬어."

"……."

뭘까, 이 능숙한 배려. 어쩐지 나 완패한 거 아냐?

그 후로도 아야와 수다를 떨면서 여러 이야기를 했지만.

"타카츠키는 학교에서는 전혀 친구를 만들 마음이 없어서. 나 처음에 말 걸 때 긴장했었어."

"타카츠키 방에 처음 들어갔을 때 깜짝 놀랐어~. 물건이 아무 것도 없는 거 있지! 옛날부터 안 쓰는 물건은 팔거나 버려 버리거든~."

"타카츠키는 예전부터 쿨했지만 이쪽에 와서 더 멋있어졌더라. [명경지수] 스킬이던가? 나도 갖고 싶다."

거의 마코토에 대한 화제였다. 공통 화제가 없어서 내가 '마코토는 옛날에 어땠어?' 하고 던진 건데. 그랬더니 아야의 이야기가 멈추지 않았다.

'얘, 마코토를 너무 좋아하는 거 아냐?'

이, 이제부터 이 애랑 같이 파티를 하는 건가……. 그 사실에 마음이 술렁거린다.

'옛날부터 마코토랑 친구. 옛날의 마코토를 잔뜩 알고 있는 아이…….'

마코토도 아야와 재회해서 기뻐 보였다.

어쩐지, 깨닫고 보니 장과 에밀리 때처럼 마코토와 아야가 사귀고 있고 나 혼자 낙동강 오리알이 될 듯한……. 그, 그런 건 싫어! 장은 아무렇게 생각하지도 않았으니까 괜찮지만. 마코토가 다른 여자애랑 사귀는 건 싫어! 절대 싫어!

마코토하고는 내가 첫 파티 멤버고! 마코토도 내가 첫 동료라고 말해 줬고!

'우우…… 하지만 이대로는.'

"타카츠키. ……나, 계속 타카츠키를."

"나도 그래, 사사. 보고 싶었어."

"기뻐! (껴안고) 그런데 루시 씨는 괜찮아?"

"왜 루시 이름이 나와?"

"루시는 분명 타카츠키를 좋아할걸?"

"그렇구나? 하지만 내가 좋아하는 사람은 사사뿐이야." (치아가 빛난다)

"타카츠키…… 좋아해." (꽉 끌어안는다)

"나도야." (같이 끌어안는다)

'싫어~~~~~~!!'

상상한 것만으로도 엄청나게 기분이 가라앉았다.

게다가 어쩐지 여러 가지로 리얼해! 마코토는 내 마음을 절대로 눈치채지 못했을 거야!

이대로는 방금 그 상상이 현실이 되어 버리는 게…….

뭐, 뭐라도 해야 해……. 나는 맹세했다.

◇사사키 아야의 시점◇

나는 루시와 함께 미궁 마을을 산책했다.

이 세계에서 처음 만나는 인간 문화는 신선했다.

하지만 언제까지고 관광 기분을 낼 수는 없다. 타카츠키가 파티에 초대해 줬으니까, 나도 제대로 도움이 되도록 따라잡아야 해!

아아, 하지만!

'후와아아~ 맛있어~~~!'

인간 마을의 음식이 어찌나 맛있던지! 라미아족의 식사와는 전혀 달라!

토마토 소스 파스타에 애플파이, 설탕을 듬뿍 넣은 밀크 티.

'……하우, 살아 있어서 다행이야.'

실제로는 환생한 거지만. 하지만 타카츠키와도 만났고, 맛있는 것도 잔뜩 먹을 수 있었다! 여러 가지로 괴로운 일도 많았지만 포기하지 않고 살아남아서 정말 다행이야!

내가 인생의 기쁨을 곱씹고 있는데.

"아야는 정말 맛있게 먹는구나."

"그, 그런가?"

나를 보고 미소 짓는 루시를 보고 무심코 두근거렸다.

깊은 와인 레드의 커다란 눈에 빨갛고 아름다운 긴 머리.

조금 기가 세 보이지만 단정한 얼굴에서 쏙 튀어나와 있는 길고 뾰족한 귀는 엘프족의 증거다. 그래, 루시 씨는 엘프인 것이다.

'……예쁜 아이네.'

여자인 나도 홀린 듯 바라보게 될 정도의 미인.

그리고 타카츠키의 동료. 그래, 동료……. 애인은 아닌 듯하다.

'하지만 모험가 동료는 숙박하면서 여행하기도 하잖아?'

그러면 뭔가 실수가 발생하거나 하지 않을까? 아니면 그건 우리 세계의 감각이고 이쪽은 다른 걸까? 하지만 타카츠키도 남자니까 이런 귀여운 아이랑 같이 여행하다 보면 분명 좋아하게 되겠지?

"아야가 말하는 마코토는 지금의 마코토랑 약간 인상이 다르네."

루시 말로는 중학교, 고등학교 시절의 타카츠키와 지금의 타카츠키는 조금 다르다고 한다.

"지금의 타카츠키는 어떤 느낌이야?"

나는 무심코 그런 질문을 하고 말았다.

"마코토랑 처음 만난 건 잊을 수도 없어. 내가 빅 오거에게 습격당하고 있을 때 씩씩하게 나타나서, 브론즈 랭크는 쓰러뜨릴 수 없다고 알려진 마물을 깨끗이 쓰러뜨렸어!"

"그리폰 때는 자기 몸을 희생해서 마법을 써 줬다니까!"

"던전의 키메라랑 싸웠을 때는……."

그리고 따발총처럼 타카츠키를 칭찬하는 루시가 있었다.

뺨을 붉히고 흥분한 기색으로 타카츠키 얘기를 한다.

'우, 우와아……. 루시, 홀딱 빠졌네~.'

숨길 마음이 전혀 없는, 타카츠키에 대한 강렬한 호의.

두 사람은 정말로 사귀고 있는 게 아닐까?

사실은 나한테 말하지 않았을 뿐인 거 아닐까?

"있잖아, 마코토. 아야한테 우리 얘기 안 해도 괜찮아?"

"사사는 아직 이세계에 익숙하지 않으니까, 진정되고 나면 우리에 대해서 이야기하자."

"그런 소리 해 놓고 바람피우면 안 돼?"

"바보. 나는 일편단심 루시 뿐이야." (진지한 얼굴)

"……마코토. ……좋아해." (꽉 끌어안는다)

"루시, 나도야." (같이 끌어안는다)

'와아아악! 이상한 상상을 해 버렸어!'

뒤에서 그런 이야기를 한다면 난 못 견뎌!

우우……. 괜찮겠지? 타카츠키도 루시랑은 모험 동료라고 했는걸. 나는 개운치 못한 마음으로 함께 쇼핑을 했다.

◇같은 시각 : 타카츠키 마코토의 시점◇

"고맙습니다. 니나 씨. 도와 주셔서."

"아뇨아뇨. 주인님께서 최대한 힘이 되어 달라고 분부하셨으니까요."

우리가 지금 있는 곳은 대미궁 안이 아니라 바깥. 던전 외부에서 지저호 천장으로 향하고 있다. 멤버는 니나 씨와 나 둘뿐.

이유는 [은신] 스킬을 쓸 수 있는 멤버가 우리 둘뿐이었기 때문이다. 사사는 현재 스킬 연습 중. 3일에 걸쳐 맵핑 스킬을 써서 대미궁을 빈틈없이 탐색했지만 하피의 둥지로 가는 길은 발견되지 않았다.

하피는 하늘을 나는 마물이라서 지상에서 가는 길은 없을 가능성이 높다.

그래서 던전 바깥에서 지저호의 입구로 되어 있는 천장 부분을 탐색하기로 한 것이다.

"잡초가 성가시네요."

던전 바깥 숲은 제멋대로 자란 풀과 나무들이 시야를 방해한다.

"타카츠키 님, 조심하세요. 던전 안이 아니라도 마물이 있을 가능성이 있습니다."

"네, 제 [색적] 스킬과 니나 씨의 [밝은 귀] 스킬로 조심하면서 가죠."

토끼 귀 종족인 니나 씨는 수인족 중에서도 특히 청각이 뛰어나다.

[밝은 귀] 스킬을 쓰면 몇 킬로미터 밖의 소리마저도 알아들을 수 있다고 한다.

"마물이 있네요."

"네, 우회하지요."

쓸데없는 전투를 피하기 위해 마물의 기척을 탐지하면 멀리 돌아간다.

그래서 가는 길에는 시간이 걸렸다.

"……."

"……."

나무와 풀을 헤치며 묵묵히 나아간다. 가는 동안 계속 말이 없다.

으음, 뭔가 적절한 말 한마디 못 하는 것이 괴롭다.

후지양이었다면 대화하는 데 곤란을 겪지 않겠지 하고 생각하고 있었더니 니나 씨가 화제를 던졌다.

"타카츠키 님은 주인님과 이세계 때부터 친구이시지요?"

"맞아요. 뭐 이전 세계에서 알고 지낸 건 1년 정도지만요."

그런 것치고는 후지양에게 여러 가지로 신세를 졌다. 감사함이 이루 말할 수 없다.

"타카츠키 님께 조금 물어보고 싶은 것이 있어서요."

"뭔데요?"

후지양에 대한 걸까?

"주인님이 선호하는 여성은 어떤 사람일까요?"

그쪽 화제냐~. 그걸 여친 없음 경력=나이인 나한테 물어도 말이지.

하지만 니나 씨에게는 신세를 지고 있다. 진지하게 대답하자.

"후지양은 동물 귀 여성을 좋아해요."

이건 진짜다. 틀림없다. 아무튼 [고양이 귀]에서 같이 마셨을 때는 동물 귀가 얼마나 멋진지에 대해 백 번쯤 설파했으니까 말이야.

"그건 알고 있지만……."

니나 씨의 긴 귀는 축 늘어져 있다.

"뭔가 불안한 점이라도?"

"제가 아무리 행동을 취해도 반응해 주지 않으세요."

"……."

"요전번에는 침실에 상당히 아슬아슬한 차림으로 가 보았지만 손을 대 주지 않으셔서……."

생각한 것보다 더 어른의 상담이었잖아! 무, 무리야…… 나한테 이 대화는 너무 무겁다.

후지양, 왜 손을 안 대는 거야! 니나 씨 귀엽잖아!

"혹시, 제 마음을 알아차리지 못하신 걸까요……?"

"아니, 그런 일은 없을 거라 생각해요."

100% 알아차렸으니까 괜찮아! 마음을 읽을 수 있거든! 후지양.

"이렇게 된 이상, 침실에 쳐들어갈 수밖에……."

"……."

오오…… . 니나 씨, 토끼인데 육식계 여자네!

"맥캘란 영주의 딸은 주인님께 마음이 있는 것 같고…… ."

"아아, 크리스티아나 씨였나요?"

"더러운 인간이에요! 주인님의 비공선 항로 확보에 협력하기 위해서라며 여러 가지로 요구를 해 와서."

뭐, 권력자는 그런 법이니까.

"다음에 후지양이 좋아하는 타입을 자연스럽게 물어봐 둘게요."

"부탁드립니다!"

덥석 맡아 버렸는데, 괜찮을까.

이런 대화를 하는 동안 목적한 장소에 가까워졌다.

"맵핑 스킬에 따르면 슬슬 지저호 위쪽 부근이네요."

"타카츠키 님의 맵핑 스킬은 상당히 정확도가 높네요. 이렇게 광대한 영역을 커버할 수 있다니."

"그런가요?"

그다지 의식한 적이 없었다.

"멈추지요. 하피가 있네요."

"네, 보초인 것 같습니다. 세 마리 있네요."

내 [색적] 스킬에 걸린 것은 두 마리까지였다.

역시 니나 씨가 있어서 다행이다.

잠시 관찰하고 있자 보초인 듯한 하피가 구멍에서 나온 하피와 교대했다. 아무래도 이 부근에 둥지가 있는 건 틀림없는 듯하다.

"둥지의 장소는 거의 특정했네요."

"보초가 성가시지만요."

"일단 돌아가죠."

우리는 하피에게 들키지 않도록 조용히 모험가의 마을로 돌아갔다.

"그래서, 하피의 둥지는 지저호 바로 위가 틀림없는 것 같아."

"거기에 그 녀석이……."

사사의 눈이 날카로워진다.

"좋은 소식이 하나 있다오."

후지양이 말한다.

"아무래도 사쿠라이 님…… 솔레이유 나이츠가 [불길한 용]을 토벌했다는 듯하오."

"아! 확실히 오늘 모험가 길드가 소란스러웠어. 그것 때문이었구나."

최근에는 길드에서 정보를 수집하거나 수행을 하고 있는 루시가 탁 하고 손을 쳤다.

"헤에, 과연 사쿠라이야. 대미궁에 온 지 일주일도 안 됐는데 벌써 토벌 완료인가."

"그것이, 완료는 아닌 듯했다오."

"무슨 뜻이세요? 주인님."

"[불길한 용]은 세 마리가 있는 모양이오."

"어? 그렇게나 많이!"

오히려 나쁜 소식이잖아.

"그럼 아직 대미궁에 있는 마물의 행동은 이상해진 그대로겠네……."

루시가 침울해졌다. 최근에 던전에 내려가지 못했으니까.

"그래서, 우리는 언제 하피 여왕을 해치우는 거야?"

사사의 목소리가 딱딱하다.

"안전하게 가려면 모든 [불길한 용]이 토벌되고 나서가 좋을 거라고 생각하오만……."

"그게 언젠데?"

"알 수 없구려……."

이번에 첫 번째 한 마리가 금세 토벌되었다고 해서 다음번에도 잘될 거라는 보장은 없다.

대미궁은 넓고, 무엇보다 솔레이유 나이츠가 이길 수 있다고 단정할 수 없다.

하지만 사사의 마음을 생각하면 느긋하게 기다리는 건 무리겠지.

"하피 토벌은 3일 후로 하자. 먼저 내 정령 마법을 충분히 강화하겠어. 그리고 루시의 마법이 완성되기를 기다리자."

"루시, 3일 만에 돼?"

"아야 눈이 무서워……. 알았어! 맡겨 둬."

"정해졌네요."

니나 씨가 모두를 둘러본다. 내가 말을 이었다.

"그럼 3일 후. 하피 여왕 토벌을 나가자."

하피와의 결전 전야.

꿈을 꾸었다. 아무것도 없는 공간…… 여신님의 방이다.

'……어쩐지 오랜만이네.'

나는 무릎을 꿇고 두 손을 모았다.

나타난 여신님은 아이스크림을 먹으며 부채를 부치고 있었다.

참고로 T셔츠에 짧은 반바지를 입은 편한 차림이었다.

조금 야하다. 하지만 조금 단정치 못하다.

'으, 으음……. 신성하지 않네.'

"어머? 왔어?"

가슴께를 부채로 부치면서 나를 돌아보았다.

가끔 신자와 만날 때 정도는 제대로 된 복장을 해 주었으면 좋겠다. 미인인 게 소용이 없잖아.

"마음의 소리기 들리는데."

"복장이 단정치 못하잖아요, 여신님."

"어머, 건방져라. 입 밖에 내서 말하네. 신앙심이 부족해."

"매일 기도하는데요."

"알지만."

부우~ 하고 여신님이 토라진다.

잡담은 이 정도로 하자.

"감사합니다. 사사와 만날 수 있었던 건 여신님 덕분이에요."

"후훗, 감사하렴~."

여신님이 아이스크림을 먹으며 대답했다.

"그런데 마코토. 왜 빛의 용사와는 사이좋게 지내지 않아?"

어라?

"사쿠라이는 여신님이 싫어하시는 성신 신자의 일파예요. 사이좋게 지내도 괜찮나요?"

"그런 건 신경 안 써도 돼. 일단 사이좋게 지내 놓으면 나중에 이용할 수 있잖아?"

"으윽……."

무심결에 목소리가 나왔다. 여전히 시커먼 소리를 하는 여신님이다.

"반 친구를 이용하는 건 좀."

심리적으로 거부감이 있는데.

"사쿠라이는 앞으로 이 대륙의 중심인물이 될 거야. 이러쿵저러쿵하지 말고 친해지렴. 내 말대로 했더니 친구와 재회할 수 있었잖아."

"그건 감사하고 있지만……."

"사사키 아야는 좋지. 스테이터스만 보자면 용사 클래스야. 루시의 마법도 점점 강해지고 있고, 마코토의 파티도 보기 좋아졌네."

"정작 중요한 제가 약한데요."

주위만 강해져 봤자지.

"스테이터스 따위 장식이야. 일발 역전할 수 있는 큰 기술만 있으면 돼! 정령 마법을 계속 수련하렴."

최근에는 지시가 구체적이다.

"아무튼 하피 따위에게 당하면 안 돼."

여신님이 머리를 꾹꾹 누르며 쓰다듬었다. 어쩐지 힘이 솟아나는 기분이 들었다.

혹시 응원하기 위해 만나 준 것일까.

"맡겨 주세요, 여신님."

절을 하고 머리를 들었을 때 여신님은 사라져 있었다.

7장 타카츠키 마코토, 보스에 도전하다

"그럼 갈까."

"진짜로 이렇게 이른 시간에 가는 거야?"

루시가 졸린 듯 눈을 비비고 있다.

오전 2시.

하피 여왕 토벌 출발시간이다.

"저는 낮에 갈 줄 알았어요."

"생각이 짧구려! 니나 님. 이 세계는 약육강식. 적의 약점은 가차 없이 찔러야지요. 하피는 새 마물. 밤에 시력이 떨어지니 말이오."

"우리 라미아족은 자는 중에 습격당했어. 되갚아 주겠어!"

사사는 흥분한 기색이다.

"하피는 지금쯤 숙면하고 있을 거야. 그대로 영면시켜 주자."

"마코토, 발언이 무서워."

사사한테 말한 건데 루시가 딴지를 걸었다.

"나와 루시는 던전 밖에서, 니나 씨와 사사는 지저호에서 대기. 공격 시각은 지금부터 2시간 후인 4시. 후지얀은 좋은 소식과 하피 여왕에게서 나온 소재를 기다리고 있어."

"음. 필요한 아이템은 잊지 않도록 주의해 주시오. 무운을 빌고 있겠소!"

모두 작게 고개를 끄덕이고 출발했다.

"대미궁 바깥 숲은 밤에는 어두워서 꺼림칙하네."

[은신] 스킬을 발동시킨 내 팔을 꽉 붙잡은 루시와 둘이서 걸어간다.

밤의 숲은 짐승 울음소리와 벌레 소리가 잘 울려 퍼진다. 그리고 마물의 활동이 활발한 시간대다.

"나는 요 사흘간 몇 번이나 왕복해서 산책 코스나 다름없어."

"……힘들지 않았어?"

루시가 염려하듯이 말했지만, "아니, 즐거워."라고 말하자 이상한 사람을 보는 눈으로 쳐다보았다.

"……아아, 그래……. 하아."

"왜 한숨을 쉬어?"

보스전 전의 치밀한 준비. 지금은 긴장을 늦출 수 없는 때이고, 즐거운 시간이다.

흥분도 된다!

"안개도 엄청나고. 시야가 안 좋은 건 좋은 일이겠지만……."

"이 안개는 정령에게 부탁한 거야. 꽤 좋은 아이디어지?"

"어? 이 넓은 범위를 다?"

"뭐 그렇지. ……루시, 목소리가 커."

루시의 입을 손으로 막았다.

우리는 조용히 나아간다. 하지만 가는 길은 길다. 한가롭군.

그러고 보니 니나 씨에게 부탁받았던 후지양의 여자관계를 못 물어봤네.

이 싸움이 끝나면 술 마시러 가자고 꼬실까.

나, 이 싸움이 끝나면 후지양이랑 술 마시러 갈 거야!

'이상한 플래그를 세우는 건 그만두렴.'

실례했습니다, 여신님. 조심할게요.

"있잖아, 마코토."

한동안 나아가는데 루시가 말을 걸었다.

"지난번에 아야랑 같이 나갔을 때 있잖아."

"아, 사이는 좋아졌어?"

그러고 보니 둘이서 어떤 대화를 했을까.

"그럭저럭. 라미아족의 식사가 맛이 없었다면서 식당과 카페 메뉴에 감동했었어."

"아~ 생선이나 나무 열매만 먹었다더라."

사사의 식생활에 대해 들었을 때는 정말 동정을 금치 못했다.

"단 걸 먹고 싶다고 했는데, 미궁 마을에는 별로 없더라고."

"그러고 보니 후지양이 초콜릿을 가져오겠다고 했었지. 그거 말고는 무슨 이야기를 했어?"

"……."

어라? 먹을 것 이야기밖에 안 한 건가?

"그리고…… 마코토가 예전 세계에서 어땠는지 이야기해 줬 어."

"그냥 게임 좋아하는 외톨이 이야기였지?"

사사, 이상한 소릴 하진 않았겠지.

"나는 맥캘란에서 마코토의 모습을 아야에게 이야기했어."

응?

"왜 내 얘기만……."

"아야가 듣고 싶어 했으니까. 나도 옛날의 마코토 이야기를 듣고 싶었고."

"아, 그래……."

조금 부끄럽네. 하지만 재미있었으려나?

이러쿵저러쿵하는 사이에 목적지 부근에 도착했다.

"슬슬 다 왔네. 루시는 여기서 기다려."

"응, 보초를 해치우는 거지."

"그래."

그렇게 말하면서 단검을 뽑고 [명경지수] 스킬을 99%로 설정한다.

짙은 안개로 시야가 최악이지만 [색적] 스킬로 하피의 위치는 파악해 두었다.

물론 [은신] 스킬은 상시 발동 중이다.

적은 눈치채지 못했다. 발 소리를 지우고 뒤에서 하피의 목과 심장에 2격.

튀는 피는 뒤집어쓰지 않도록 물 마법으로 컨트롤하고 있다.

큰 바위 위, 낮은 나뭇가지, 대미궁으로 이어지는 큰 구멍 부근에 있는 세 마리의 하피를 처리했다.

보초가 교대하는 시간까지 잠시 여유가 있다는 것도 사전에 파악해 놓았다.

"루시, 끝났어."

"5분도 안 지났는데……. 마코토는 암살자가 적성에 맞는 거 아냐?"

"그런 직업은 없잖아."

암살에 잘 맞는 스킬은 있지만 [암살자]라는 직업은 없다. 표면적으로는.

말은 이렇게 해도 암살자 플레이는 재밌지만!

우리는 대미궁으로 이어지는 큰 구멍에 다가가 살짝 안쪽을 엿보았다.

대미궁 천장에 나무와 덩굴로 만들어진 거대한 새 둥지 같은 것이 보인다.

하피의 둥지다.

"루시, 맡길게."

"오케이. 아야를 위해서도 특대로 먹여 주겠어."

그렇게 말하고 영창을 시작했다. 루시의 지팡이는, 거신 아저씨 덕분에 암석탄 마법 한 발은 무영창으로 쓸 수 있다.

하지만 이번 마법은 대량의 바위를 불러내는 것이다. 거대한 암석이 잇달아 나타난다.

"불꽃을 둘러라. 불 속성 부여."

거대한 암석이 붉게 타오른다.

석양처럼 주위를 붉게 비추기 시작했다.

"루시! 하피가 눈치채기 시작했어!"

몇 마리인가 둥지에서 이쪽을 쳐다보는 놈들이 있다.

'하지만 늦었어! 가자, 루시!'

"유성군, 메테오 레인!"

루시가 지팡이를 휘두르자 크고 작은 불타는 암석이 대미궁 천장째로 하피의 둥지를 날려 버렸다.

◇하피의 둥지에서◇

'밖에 뭔가가 있어. 보초는 뭘 하고 있는 거지?'

하피는 마물이긴 하지만 지능이 높아 집단행동이나 몸을 지키는 능력이 뛰어나다.

둥지 입구 부근에 있던 하피는 곧장 이변을 눈치채고 바깥을 보고는 경악했다.

아침이 왔나 생각할 정도의 빛이 우리 둥지를 공격하려 하는 마법의 빛이라는 것을 깨달은 순간 모든 것이 삼켜졌다.

우리의 거처가 무참하게 무너진다. 마법에 불타 무너지는 천장에 짓뭉개지는 동료들.

하지만 재난을 피해 날아오른 자도 있었다.

공중으로 도망만 치면 던전에서 우리를 공격할 수 있는 자는 없어!

''''어!?''''

공중을 날고 있던 우리 하피 무리가 갑자기 물에 삼켜졌다.

하피는 헤엄을 못 친다. 보통 물속에서 헤엄칠 일 따위 없으니
까.

　‘‘‘‘무, 무슨 일이 일어난 거지!?’’’’

　냉정한 판단이 되지 않는 채 낙하하여, 하피들은 지저호에 내
동댕이쳐졌다.

◇사사키 아야의 시점◇

　“사사키 님!”

　“니나 씨! 타카츠키와 루시가 성공한 거야!”

　우리는 지저호의 폭포 뒤편에 숨어 있었지만 굉음과 함께 천장
이 무너져 내리자 밖으로 튀어나갔다. 증오스러운 하피 둥지의
잔해와 함께 하피 무리가 떨어져 내렸다.

　대량의 물에 휩싸여서.

　“루시 님의 [메테오 레인]에 타카츠키 님의 [특급 마법 : 수
룡]. 무시무시한 콤보네요.”

　“지저호에는 시 서펜트와 킹 크로커다일이 있어. 그놈들이 하
피를 먹이로 삼을 거야.”

　“당장 공격당하고 있네요.”

　하피가 첨벙첨벙대며 벗어나려 하지만 수생 마물 쪽이 유리한
듯하다.

　“에잇!”

　“얍!”

가끔 도망쳐 나오는 하피를 나와 니나 씨가 다시 수면에 떨어
뜨렸다.

하피들은 비명을 지르면서 물속으로 끌려들어 갔다.

가족의 원수다! 한 마리라도 놓칠까 보냐!

"헉…… 헉…… 이제 더 없나."

"남은 건, 여왕이 어디 있는지……."

여왕을 찾지만 보이지 않는다. 도망친 것일까?

젠장! 여기까지 와서.

"이봐~ 사사, 니나 씨."

잠시 후에 타카츠키와 루시가 천장에서 내려왔다. 손에는 작
은 우산 같은 아이템을 들고 있다. 듣기로 [낙하 우산]이라는 아
이템이라고 한다.

펼치면 높은 곳에서 떨어져도 둥실둥실 내려올 수 있는 마도구
라고 한다.

후지와라는 편리한 도구를 가지고 있네.

"어때? 하피 여왕은 해치웠어?"

"아직이에요. 떨어진 놈들 중에 있었는지 어떤지."

"마코토, [색적] 스킬은 어때?"

"수가 너무 많아서 특정하긴 힘들 것 같아."

어디냐. 하피 여왕은 어디에 있지? 소란스러웠던 던전 내부가
서서히 조용해진다. 하피의 모습은 없다. 전부 쓰러뜨린 듯하다.

"싱거웠네. 돌아가서 축배를 들자."

"이봐, 루시. 그런 게 플래그라고."

"루시 님, 방심해선 안 돼요."

빠르게도 승리 모드에 들어간 루시를 타카츠키와 니나 씨가 나무란다.

이렇게 말하는 나도 약간 승리에 취해 있었다.

나 혼자서는 손댈 수 없었던 하피족을 일망타진했어!

해냈어요! 대모님! 언니들과 자매들!

그때 작은 노랫소리가 들렸다. 놓쳐 버릴 듯한 희미한 목소리.

뭘까, 기분 좋은 음색.

던전에는 어울리지 않는 노랫소리.

"어라? 무슨 소리 안 들려?"

"뭘까요……. 확실히 무슨 소리가 들리네요."

"작아서 잘 안 들리는 것 같은데……."

우리는 주위를 둘러보았다.

"……잘도 이런 짓을 했구나."

그리고 그놈이 나타났다. 우리는 일제히 돌아보았다.

단정한 얼굴에 아름다운 라이트 브라운의 날개. 하피 여왕이 거기 있었다. 하피 여왕은 말하면서 노래를 부르고 있다. 요령이 좋네.

"설마! 세이렌의 노래!?"

니나 씨가 초조하게 외친다.

"어, 하피 여왕 아냐? 세이렌의 기술을 쓸 수 있어?"

"진화해서 세이렌의 능력을 손에 넣었겠지요! 이놈의 노래는 남성을 매료시킵니다. 타카츠키 님, 놈의 노랫소리를 들어선 안 돼요!"

타카츠키는 조금 어리둥절한 얼굴로 하피 여왕을 보고 있다.

상관없어! 당하기 전에 죽인다!

그렇게 생각하고 다가가려는데…….

"마법사 남자가 죽어도 좋은 거니?"

하피 여왕이 씨익 웃었다.

"마법사 남자! 단검을 네 목에 대라."

그 목소리가 지시하는 대로 타카츠키는 단검을 목젖에 가져갔다.

"이런!"

니나 씨가 외친다.

"마, 마코토."

루시가 지팡이를 두 팔로 끌어안고 허둥대고 있다.

"후후, 내 목소리는 인간 남자에게 특히 잘 들지. 동료 중에 남자가 있었던 것이 운이 나빴구나."

"세이렌의 노랫소리는 남성을 매료시켜요. 사사키 님의 동료를 공격한 인간도 이놈에게 조종당한 거겠지요."

니나 씨가 분한 듯이 말한다. 그런 거였나…….

"누군가 했더니, 그때 죽였던 라미아 아이인가……. 살아 있을 줄이야."

밉살스럽다는 듯 나를 노려본다. 나도 살기를 담은 눈으로 맞서 노려본다.

"네 가족은 모두 죽었어. 꼴좋다!"

"하피족은 여왕인 내가 살아 있으면 몇 번이든 되살아나지. 유감이구나."

바보 취급하듯이 말한다. 젠장! 확실히 그 말대로다.

우리 라미아족은 대모님이 살해당했기 때문에 이제 끝이다.

"움직이지 마라. 인간 남자는 내 쪽으로 천천히 오거라. 네 동료가 나에게 공격을 하면 자신의 목을 갈라서 자살하는 거야."

타카츠키는 그 목소리에 따르듯이 고개를 끄덕였다.

"그, 그럴 수가……."

루시가 비통한 목소리를 낸다.

"……."

니나 씨는 기회를 살피고 있는 듯하지만 움직이지 못한다.

'어떡해야…….'

타카츠키를 인질로 잡히면 섣불리 움직일 수 없다.

나는 하피 여왕과 타카츠키를 번갈아 보다── 깨달았다.

'타카츠키?'

[세이렌의 노랫소리]인가 뭔가로 매료당했을 터인 타카츠키가 나를 빤히 쳐다보고 있었다.

그 맑은 눈은 매료당한 것처럼 보이지 않았다.

'조종당하고 있지 않아?'

타카츠키는 나를 쳐다보면서 천천히 하피 여왕에게 다가간다.

그 눈은 무언가를 호소하는 듯했다.

'좋아.'

나는 오른손에 힘을 집중시켰다. 이전에는 무의식적으로 쓰고 있었던 [액션 게임 플레이어 : 모으기 공격]이라는 스킬이다.

물론 지금 이대로 공격해도 피할 가능성이 높지만…….

"여자들은 여기 남아라. 운이 좋았구나. 아이들이 있었다면 먹이로 주었을 텐데. 인간 남자는 받아 가마."

나는 타카츠키를 믿고 힘을 계속 모은다. 분명 괜찮을 거야.

"인간 남자들은 정말 바보지. 내 노랫소리를 들으면 내가 여신으로 보이는 모양이더구나. 만난 순간 무릎을 꿇는 녀석마저도 있으니 말이야."

의기양양한 얼굴에 화가 치민다.

"자, 내 발이라도 핥겠느냐. 여신님의 발이다."

흥에 취했는지 하피 여왕이 발을 타카츠키 앞에 내민다.

분하지만 남성을 매료시킨다는 것이 납득이 가는 아름다움이다.

"마, 마코토에게 발을 핥게 하다니……. 부럽…… 무슨 지독한 짓을!"

"저기요~ 루시 님?"

니나 씨가 지적한다. 루시의 발언은 나중에 추궁하자.

타카츠키는 하피 여왕의 발에 얼굴을 가져다 대려는 듯이 천천히 몸을 굽히고.

"이런 지저분한 발이 여신님의 발일 리가 없잖아."

타카츠키의 평소 말투로 조용히 말했다.

"어?"

하피 여왕의 얼빠진 목소리가 들리고, 그 발목이 소리도 없이 잘려 떨어졌다.

"꺄아아아아아악!"

비명을 지르는 하피 여왕의 눈에는 고드름 같은 것이 박혀 있다.

단검으로 뱀과 동시에 마법을 썼어?

'빨라! 언제 발동했는지 전혀 몰랐어!'

"사사! 지금이야!"

타카츠키가 소리친다.

'그래, 지금밖에 없어!'

나는 [대시] 능력으로 단숨에 거리를 좁히고…….

그 기세를 죽이지 않고 힘을 '모은' 오른 주먹을 적의 몸통에
때려 넣었다.

"커헉!"

하피 여왕의 배에 큰 구멍이 뚫린다. 내 주먹은 적의 몸을 관통
했다.

"제, 제길…… 네 이놈!"

어이없게도 아직 숨이 붙어 있는 듯하다.

하피 여왕의 발톱이 나를 찢어발기려고 덮쳐든다.

──서걱.

타카츠키의 단검이 하피 여왕의 머리를 잘라냈다.

"""어?"""

타카츠키를 제외한 모두가 소리를 질렀다.

데구르르 하고 하피 여왕의 머리가 구른다.

그 단검, 좀 이상하지 않아?

"고, 고마워. 타카츠키."

"원수를 갚았네, 사사."

나는 그 말을 듣고 팽팽하던 긴장이 풀렸다.

휘청 하고 타카츠키 쪽으로 쓰러진다.

'아…… 나, 피를 뒤집어써서 더러운데.'

퍼뜩 놀라 떨어지려 하는 나를 타카츠키는 개의치 않고 받아 안아 주었다.

그 다정한 포옹에 눈물이 나올 것 같았다.

"수고했어, 사사."

"……응."

'원수는 갚았어, 대모님, 언니들, 자매들…….'

나는 타카츠키의 어깨에 머리를 기대고 눈을 감았다.

세상에서 가장 안심되는 사람의 체온을 느낀다.

바짝 돋아 있던 내 마음의 가시가 전부 떨어진 듯한 기분이 들었다.

◇타카츠키 마코토의 시점◇

"……어떻게…… 내 매료의…… 노랫소리가 듣지 않지."

머리만 남은 하피 여왕이 괴로운 듯이 목소리를 냈다.

어? 아직 말을 하네? 아니, 살아 있는 거야?

"뭐야 이거……. 왜 살아 있어? 무섭잖아."

루시가 질색하고 있다. 응, 나도 그래.

꿈에 나올 것 같으니까 잘린 목이 말하는 건 그만둬 주면 안될까.

"그 녀석…… 큰언니는 어디 있지?"

사사가 목에게 말을 걸고 있다.

상당히 초현실적인 그림이지만 진지한 이야기인 모양이니 잠자코 있자.

"……모른다……. 라미아 둥지 입구를 연 후 어딘가로 사라졌어……."

"……그래."

사사는 가라앉은 목소리였다. 그런가, 또 다른 원수가 아직 남아 있구나.

그건 그렇다 치고 이 하피의 목을 어쩌면 좋지?

"백 년 이상 산 마물의 생명력은 무시무시하니까요. 하지만 마물의 힘은 심장이 원천이에요. 몸과 몸통이 분리되었으니 곧 숨이 끊어지겠지요."

니나 씨가 얼어 있는 나에게 설명해 주었다. 다행이다.

"그런데 타카츠키는 어떻게 이놈에게 조종당하지 않았어?"

"그건 저도 궁금했어요!"

사사와 니나 씨가 흥미롭다는 듯이 나에게 묻는다.

루시는 지팡이로 하피 여왕의 머리를 쿡쿡 찌르고 있다. 관두라니까.

"나는 [매료] 마법 같은 정신을 혼란시키는 스킬이 잘 안 듣는 것 같아. [명경지수] 스킬을 가지고 있어서."

"으음, 확실히 정신 안정계 스킬은 매료나 환술에 저항할 수 있다고 들었지만……. 무력화가 아니라 버틸 수 있을 뿐이라고 들었는데요……."

니나 씨는 고개를 기울이고 있다.

"전혀 안 듣는 건 이상하네요~."

"하지만 타카츠키의 연기 덕분에 원수를 갚을 수 있었어."

사사는 다시 나를 끌어안는다. 이제 슬슬 부끄러운데 말이야~. 떨어져도 괜찮을까~.

"아야, 이제 마코토한테서 떨어져."

머리를 찌르는 데 질렸는지 루시가 이쪽으로 왔다.

"엥~ 싫어~."

루시가 사사를 떼어내려 하고 사사가 싫다고 거부하고 있다.

언니와 동생이 장난치는 것 같아서 흐뭇하다. 하지만 나를 끼우지 않고 했으면 한다.

"그리고 보니 타카츠키 님은 여신님을 본 적이 있으신가요?"

"맞아 맞아. 하피 여왕에게 여신을 본 적이 있는 것처럼 말했었지?"

니나 씨와 루시가 흥미롭다는 듯이 묻는다.

"네, 가끔 꿈에 나와요. 어젯밤에도 이야기를 했고요."

"오오오! 실제 여신님을 본 뒤라면 세이렌의 매료가 효과가 없는 것도 납득이 가네요!"

그런 건가?

"타카츠키, 여신이 뭐야~?"

사사에게 설명을 안 했던가.

"마코토는 글쎄, 사신님을 믿고 있어. 듣기로 엄청난 미인이래."

사신이라는 건 퍼뜨리지 마!

"뭐, 일단은 엄청난 미인이긴 하지만…… 항상 유혹을 해 대서 좀 곤란해."

"여, 여신님이 유혹을 하는 건가요!?"

"어제는 아슬아슬한 복장이었고, 괜히 몸을 만지고……."

그건 두근거리니까 하지 말았으면 하는데 말이야.

"에엑……. 그 여신님 혹시 발랑 까진 거……."

루시! 무슨 소리를 하는 거야!

아니죠?

'이봐! 난 [처녀] 여신이야!'

"여신님은 처녀래."

여신님의 명예를 위해 선언해 두자.

"스스로 말하는 부분이 수상한데……. '나 경험이 없어서~'라고 말하는 애가 도리어 뒤에선 잔뜩 하고 다니는 경우도 있고……."

사사, 그런 소리 하면 안 돼. 모르는 게 좋은 진실도 있는 거야.

"여, 여러분. 신에 대해서 너무 그런 식으로 말하면 벌을 받아요. 아, 아무래도 하피 여왕은 숨이 끊어진 것 같네요."

바보 같은 대화를 하는 사이에 하피 여왕이 죽은 듯했다.

뭐, 아무래도 상관없는 이야기다.

"뭔가 귀중한 소재가 있을까요."

"날개는 아마도 소재가 될 거예요. 하지만 백 년 이상 산 마물은 심장이 가장 중요한 부위예요."

"헤에, 이거?"

사사가 주저 없이 하피 여왕의 심장을 꺼냈다. 징그러…….

"심장 안에 마석이 있을 거예요."

"으음, 이건가?"

사사의 손에 있는 것은 오렌지색으로 빛나는 마석이었다.

"오오! 훌륭한 크기의 마석. 이건 값나가는 물건이네요."

"하나 더 있어."

"세상에."

사사가 꺼낸 것은 비슷한 크기에 보라색으로 빛나는 마석이었다.

"이쪽 마석을 들고 있으면 어쩐지 마음이 차분해져……."

사사가 빤히 마석을 쳐다보고 있다.

니나 씨도 그것을 찬찬히 관찰한다.

"이 마석은 아마도 라미아족 여왕의 것이겠네요……."

"어!? 이게?"

그렇구나, 사사 어머니의 유품인가.

"그건 아야가 가지고 있으면 되지 않을까?"

"그렇지. 사사 거야."

루시의 의견에 나도 동의했다.

"어, 하지만……."

"주인님도 그렇게 말씀하실 거라 생각해요."

"고마워……. 모두."

사사는 마석을 소중한 듯이 가슴 앞에 끌어안았다.

사사 가족의 원수를 갚을 수 있어서 다행이다. 정말로.

"그럼 슬슬 돌아갈까."

"또 그 구멍으로 나가는 거야?"

루시는 불만스러워 보인다.

"어쩔 수 없잖아, 달리 길이 없으니까."

"자 자, 무사히 이겼으니까…… 여러분! 조용히!"

"누가 왔네."

니나 씨의 눈이 날카로워지고 루시가 지팡이를 든다.

이어서 내 [색적] 스킬에도 반응이 있었다.

"마물과 인간의 집단이 싸우고 있는 것 같아."

사사가 가리키는 방향을 보자 확실히 스무 명 정도의 집단이 마물에게 쫓기고 있었다.

"어떡할래?"

"마코토에게 맡길게!"

으음, 사사와 니나 씨도 나를 보고 있다. 내가 정하는 건가.

"일단 정령 마법 횟수에는 여유가 있으니까, 돕자."

일주일이나 들렸는데 활약이 적었지.

"정령님, 정령님, 잠깐 도와줘. 물 마법 : 물의 고래."

거대한 물의 고래가 나타난다. 지저호 위의 공중을 물의 고래가 헤엄치며 약 스무 명의 인간들을 휘감고, 고래 꼬리가 마물을 튕겨 날린다.

그리고 그 물의 고래를 이쪽으로 갖다 박았다.

"와악!"

"잠깐만!"

루시가 사사를 끌어안고 있다.

대량의 물과 함께 인간 집단이 우리가 있는 장소에 흘러 들어온다.

"타카츠키 님, 용케도 이렇게 능숙하게 물을 조작하실 수 있네요……."

니나 씨가 기가 막힌다는 듯이 말했다.

"어라? 이 사람들, 솔레이유 나이츠잖아."

"진짜네."

확실히 가슴에 태양의 여신님 알테나의 문장이 있다. 그렇다면 그 녀석도 있을까?

"모두! 무사한가!"

뛰쳐들어 온 사람은 [빛의 용사] 사쿠라이였다.

"여어, 사쿠라이."

"타, 타카츠키? 그 마법이 너였어? 엄청난 마법이잖아!"

"아~ 응. 뭐, 그렇지……."

어물어물 대답한다. 내가 했다고 할까, 정령의 마력이라고 할까.

"료스케! 괜찮아? 어, 어라, 너희는?"

이어서 나타난 사람은 옛 반 친구인 요코야마였다.

"사키?"

"어? 너는 혹시 아야?"

"거짓말. 살아 있었어?" "오랜만이야, 사키!" "어쩐지 분위기가 달라졌는데?" "좀 여러 가지 일이 있어서." "헤에, 나중에 천천히 얘기해 줘!" "응!"

여고생이었던 두 명은 신이 났다. 사사, 요코야마랑 사이가 좋았지~.

"모두를 도와줘서 고마워."

사쿠라이가 감사 인사를 했다.

"천만에. 그런데 무슨 일이 있었어?"

솔레이유 나이츠라 하면 분명 전원이 상급 직업을 가진 엘리트 집단이다.

대미궁 중층의 마물 정도로 애를 먹으리라곤 생각할 수 없다.

"아아, 사실은 이 안쪽 하층에서 불길한 용과 마주쳐서 전투가 벌어졌는데……."

아무래도 남은 불길한 용 두 마리가 서로 협력하고 있어서 벅찬 모양이다.

단원들이 두 마리를 떼어놓으려고 시도했는데 하층의 마물들까지 습격해 와서 열세에 빠졌을 때 불길한 용에게 습격당해 후퇴한 듯했다.

우리와 만난 것은 중층까지 간신히 도망쳐 왔을 때인가.

"다행히 사망자는 없지만, 이번 전투는 실패야……."

사쿠라이의 표정이 어둡다.

"감시역인 백색의 대현자가 협조적이었다면 사태는 또 달랐을 텐데……."

요코야마가 분한 듯이 표정을 일그러뜨린다.

"그 사람은 우리가 실패했을 때를 대비한 보험이야. 의지할 수는 없어."

사쿠라이가 냉정하게 말한다.

"에엑! 백색의 대현자님이 이쪽에 있어!?"

루시가 놀란 목소리를 낸다.

"저기, 루시. 백색의 대현자는 대륙에서 최강이라고 불리는 사람이지?"

"맞아 맞아! 모든 마법사의 목표라고 불리는 사람이야!"

이건 신전에서 배웠다. 하이랜드의 [백색의 대현자]님은 모든 마법사의 정점이라고.

흥분한 루시와 내 옆에서 사쿠라이는 진지한 얼굴을 하고 있다.

그래, 복잡한 입장이었지.

"어쩔 수 없어, 사키. 불길한 용 토벌은 우리 일행이 처리하도록 명을 받았으니까."

"하지만 실패했다고 보고하면 왕자파가 기회로 삼겠지……."

"그래, 노엘 왕녀에게 폐를 끼치게 되고 말거야."

자세한 사정은 잘 모르겠지만 상당히 난처한 듯하다.

'이건…… 여신님의 조언을 따른다면.'

[빛의 용사를 돕겠습니까?]

네 ←

아니오

여신님의 한 명뿐인 신자로서 소원은 들어드려야겠지.

"사쿠라이, 도와줄까?"

드물게 내가 먼저 사쿠라이에게 말을 걸었다.

8장 타카츠키 마코토, 빛의 용사와 함께 싸우다

◇요코야마 사키의 시점◇

"사쿠라이, 도와줄까?"

아야와 함께 있던 빈약한 마법사가 반 친구인 타카츠키라는 걸 깨달은 건 조금 시간이 지난 후였다.

나, 요코야마 사키는 [성검사] 스킬을 가지고 있다.

성검을 다루며, 몸에 빛의 투기를 두르면 약한 마물은 상처 하나 입힐 수 없다.

이 힘으로 나는 빛의 용사인 료스케의 부관으로 활약해 왔다.

그리고 나의 또 하나의 스킬…… [마나를 보는 마안(魔眼)].

나는 이 세계의 힘의 원천인 마나를 볼 수 있다.

그 덕분에 지금까지 수많은 위기를 헤쳐 왔다.

약한 척하는 마물이나 일반인인 척하는 암살자.

다들 모습은 속일 수 있어도 마력은 감출 수 없다. 그런 내가 봤을 때 타카츠키는…… 약하다.

옛날에 신전에서 봤을 때로부터 전혀 강해지지 않은 느낌이 든다.

근처에 널린 일반인 이하의 마력. 분명 수행도 농땡이를 부렸음이 틀림없다.

고등학교 때도 공부하지 않고 항상 게임만 했었고.

료스케는 엄청난 힘을 가지고 말았기 때문에 이세계에서 큰 고생을 하고 있다.

아무런 노력도 없이 놀던 녀석이 뭘 돕겠다는 거야!

나는 약간 울컥하면서 그에게 말했다.

"타카츠키, 너한테 도움 받을 일 따윈……."

"뭔가 좋은 방법이 있어?"

내 말을 자르고 료스케가 타카츠키에게 질문했다.

'어? 설마 걔한테 도움 받게?'

"조금. 해 보지 않으면 모르지만."

"우리는 이미 쓸 수 있는 수단이 없어. 부탁할게."

'으으…… 소용없을걸, 분명.'

아, 아니면 타카츠키의 동료인 빨강 머리 마법사 여자아이한테 부탁하려는 걸까.

그녀의 마나는 어마어마하다. 왕국 마법사 중에서도 본 적 없는 수준의 마나다.

"그럼 루시랑 니나 씨는 기다리고 있어. 사사한텐 안내를 부탁해도 돼?"

"오케이~."

아무래도 함께 오는 건 아야뿐인 듯하다. 예상이 빗나갔다.

"괜찮으신가요? 타카츠키 님."

"조심해, 마코토."

동료 둘은 걱정스러워 보인다. 그야 그렇겠지. 그는 약하니까.

"그렇게 무모한 짓은 안 한다니까."

타카츠키는 마음 편하게 말했다. 적이 얼마나 무서운지 모르는 거야.

불길한 용의 모습을 보면 분명 다리가 풀릴걸?

가는 사람은 료스케, 나, 아야, 타카츠키 네 명.

아니 애초에 타카츠키랑 아야는 비행 마법 쓸 수 있어?

타카츠키는 예상대로 비행 마법은 쓰지 못했다. 그 대신 수면을 이동하는 이상한 마법을 썼다. 비행 마법 같은 건 중급 마법사라면 누구나 쓸 수 있는데.

"와~ 시 서펜트보다 빨라~."

아야는 신이 나 있다. 조금 즐거워 보인다.

우리는 아야의 안내로 한동안 던전 안쪽으로 나아갔다.

"여기 맞아? 사사."

"응, 여기서부터 하층이야. 이 안쪽으로는 절대로 가지 말라는 말을 들었었어."

아야와 타카츠키가 이야기하고 있다.

그건 그렇고 아야는 상당히 던전을 잘 아는 것 같다.

모험가라도 하고 있는 건가?

우리가 서 있는 곳은 지저호 끄트머리에 있는 작은 섬. 작은 섬 조금 앞의 호수 바닥에 수몰된 거대한 동굴이 보인다. 중층은 광석이 벽을 비추어 환상적인 분위기가 나지만 동굴은 그저 암흑이다.

"이 물에 잠긴 동굴 너머에 [불길한 용]이 있어. 하지만 단원들이 수중전에 익숙하지 않아서……."

료스케가 원통하다는 듯이 설명한다. 하지만 모두 노력했다.

신입 기사밖에 없는 우리 사단치고는.

나쁜 건 지원을 방해하는 왕자파와 조금도 거들지 않는 대현자라는 놈이다.

덕분에 타카츠키 같은 견습 마법사에게 기대는 꼴이…….

"그런데, 뭐가 좀 될 것 같아?"

료스케가 타카츠키에게 묻는다. 료스케, 기대해 봤자 의미가 없을걸…….

예상대로 타카츠키는 팔짱을 끼고 심각한 얼굴을 했다.

'거 봐……. 어차피 걔가 할 수 있는 일은 아무것도 없…….'

"예를 들면 말인데, 불길한 용을 물속이 아니라 던전 밖으로 꺼내면 싸우기 쉬울까?"

"그런 게 가능해!? 던전 밖이라면 [빛의 용사] 스킬을 전력으로 쓸 수 있어. 태양 빛이 있으면 반드시 이길 수 있어."

"좋아, 그럼 적을 물속에서 끌어내자."

'할 수 있을 리가 없잖아…….'

타카츠키는 쉽게 말한다.

"잠깐 기다려. 정령에게 말을 걸 테니까. 이 주위에 잔뜩 있는 것 같아."

"그래?"

하고 아야가 두리번거린다.

"타카츠키는 정령이 보이는 건가……. 대단하네."

정령이 보인다고? [마나를 보는 마안] 스킬을 가지고 있는 나에게도 아무것도 안 보이는데?

대충 그럴싸한 소리나 하고!

순수한 료스케는 믿는 모양이지만.

애초에 정령사라니 하이랜드에서도 본 적이 없다고.

"이봐~. 정령님, 잘 지냈어?"

뭐야, 저거.

저런 걸로 정령이 도와 준다는 거야?

"아아, 좀 어려운 상대긴 한데…… 응, 난처해하고 있어."

'난처한 건 이쪽이야.'

"고마워. 살았어."

'하아, 언제까지 이런 의미 없는 대화를…….'

"그럼, 잘 부탁해."

타카츠키가 그렇게 말한 직후.

나는 거대한 무언가에 짓눌렸다.

그런 착각이 나를 덮쳤다. 대미궁 전체가 떨고 있다. 이런 일이 있을 리가 없다.

압박감에 숨을 쉴 수가 없다.

뭐, 뭐지? 무슨 일이 일어나고 있는 거야?

"사키, 왜 그래?"

아야가 말을 걸어 줄 때까지 나는 패닉 상태였다.

눈앞이 새하얘지고 아무것도 보이지 않는다.

그것이 전부 마나라는 걸 깨달았을 때는 등줄기가 얼어붙었다.

'이게 뭐야!? 전부 마나? 위험해, 전혀 컨트롤이 되고 있지 않아! 폭주하고 있어!'

"……어마어마하네. 이게 정령의 힘?"

료스케도 이 미친 듯한 마력을 느끼고 있잖아!

빨리 멈추게 해야 해!

"응, 이렇게까지 많은 정령이 와 준 건 처음이지만."

여전히 타카츠키는 미약한 마력만 가진 채.

마구 불어 닥치는 태풍 같은 마력의 중심에 있었다.

명색이 마법사라면 이 마력에 압도당하지 않을 리가 없는데!

하지만…….

'타카츠키의 주위만 마력이 고요하잖아?'

마치 태풍의 눈 같다. 그가 이 세계의 중심이라고 말하는 듯이.

"그럼 마법을 쓸게. 컨트롤이 어려우니까 떨어져 있어."

'무, 무슨 말을 하는 거야!?'

이런 마력을 컨트롤하겠다니, 인간이 할 수 있는 일이 아니잖아!

"사키. 타카츠키에게 맡기자."

료스케의 눈에는 '기대와 신뢰'의 눈빛이 있었다.

어째서!? 그런 눈빛은 아무에게도 보인 적이 없는데.

"나는? 타카츠키."

"음~. 사사도 사쿠라이 근처에 있어."

"에엥~ 타카츠키의 마법을 가까이서 보고 싶은데."

무슨 말이야!? 아야, 그 녀석한테서 떨어져! 휘말린다고!

우리 셋은 타카츠키에게서 떨어져서 그를 지켜보았다.

'지, 진짜로 저 터무니없는 양의 마나를 제어할 수 있다는 거야……?'

멀리서 본 타카츠키의 표정은 장난을 치기 전 같이 설레는 표정이었다.

"그럼, 부탁할게, 정령님. 물 마법 : *야마타노오로치."

——그 순간, 괴물이 태어났다.

◇타카츠키 마코토의 시점◇

7일에 걸쳐 정령과 사이가 좋아진 노력 그 전부를 이 마법에 담았다.

——물의 왕급 마법 야마타노오로치.

산으로 착각할 정도로 거대한, 머리 여덟 개 달린 물의 뱀이 나타난다.

뒤를 돌아보자 흥분한 얼굴의 사쿠라이와 눈을 빛내는 사사, 그리고 다리가 풀린 요코야마가 있었다.

---

* 일본 신화에 나오는 머리와 꼬리가 여덟 개 달린 뱀.

"있잖아! 타카츠키, 이거 뱀이지!"

라미아인 사사는 친근감이 솟아난 모양이다.

'……역시, 얘는 특이해.'

"정령님, 이 밑에 '싫은 놈'이 두 마리 정도 있어. 던전 밖으로 내쫓아 줄래?"

샤아아아아아아아아! 하고 거대한 물의 뱀이 우렁차게 소리를 지르고는 첨벙 하고 암흑 같은 수중 동굴로 잠수했다. 거대한 물보라와 파도가 발생한다.

처음 썼는데 왕급 마법의 박력은 대단하구나.

특급 이상의 마법은 생물 같아진다고 들었는데, 오로치는 정말로 살아 있는 것 같았다. 아니, 무섭다. [왕급 마법] 스킬을 가진 루시도 조만간 왕급 불 마법을 쓰게 될까? 마법이 폭주하면 파티가 전멸할 것 같은데.

그런 생각을 하고 있는데 사쿠라이가 다가와 어깨를 두드렸다.

"타카츠키! 대단하잖아!"

사쿠라이는 흥분해 있다.

"불길한 용에게 통하면 좋겠는데 말이야."

"방금 그건 왕급 마법?"

"응. 처음인 것치고는 잘 돼서 다행이야."

"어…… 저…… 와…… 왕급?"

"사키, 설 수 있겠어?"

다리가 풀린 요코야마를 사사가 받치고 있다.

"사사. 요코야마랑 같이 루시 쪽이랑 합류해 줄래?"

"상관없지만, 타카츠키는?"

"불길한 용이라는 걸 던전 밖으로 내보낼 때까지는 마법을 컨트롤해야 하거든."

"나는 뭘 하면 돼?"

사쿠라이가 묻는다. 이거 참, 무슨 소리야. 용사님께서.

"적을 던전 밖으로 쫓아낼 테니까, 그다음은 마음대로 해."

"아, 알았어."

물 마법은 화려하게 보여도 공격력이 낮으니까 아마 왕급 마법이라도 적을 해치우지는 못할 거다.

"타, 타카츠키!"

갑자기 요코야마에게 이름을 불렸다.

"왜 그래?"

"뒤, 뒤!"

첨벙! 거대한 물보라가 오르고 야마타노오로치가 다시 출현했다.

——캬아아아아아아! 온몸의 털이 곤두설 듯한 불쾌한 울음소리가 던전 안에 울려 퍼졌다.

"저게…… 불길한 용?"

사사가 중얼거린다.

용이라 부르기에는 위화감이 있는, 밋밋한 흰 지렁이 같은 거대한 생물이 있었다.

그 용의 몸에는 무수한 입이 있고, 입에서 끔찍한 목소리가 새어 나오고 있다.

지금은 야마타노오로치에게 얽혀 몸부림치고 있다. 다른 한 용은 온몸에 눈이 있어서 끊임없이 눈을 뒤룩뒤룩 움직이고 있었다. 어쩐지 이미지랑 다르네.

불길한 용은 사룡(邪龍)이라고도 불린다. 사룡이라고 하길래 훨씬 우락부락하고 불길한 것을 상상했는데. 이건, 어느 쪽인가 하면.

"저게 뭐야! 징그러워!"

"그치."

사사에게 동의한다. 불길한 용은 징그럽다. 불길이 아니라 징그러운 용이다.

──캬아아아아아아아아아아아아…….

불길한 용은 마음을 불안하게 하는, 유리를 긁는 듯한 귀에 거슬리는 비명을 지르면서 야마타노오로치에게 끌려갔다.

"그럼 사쿠라이. 갈까."

"그, 그래……."

불길한 용이 어떻게든 얽힌 야마타노오로치에게서 벗어나려고 날뛰고 있다.

빠져나가지 못하도록 물 마법을 컨트롤해서 운반한다.

"타카츠키, 이놈을 어떻게 밖으로 꺼낼 거야?"

"지저호 천장에 구멍이 뚫린 장소가 있어. 거기까지 끌고 가서 밖으로 내보낼 거야."

──캬아아아아아아아아!!!!

불길한 용이 괴로운 듯이 소름 돋는 비명을 계속 지르고 있다.

저건 입이 잔뜩 있는 쪽 불길한 용인가.

"타카츠키, 불길한 용의 목소리는 마음을 불안하게 하는 효과가 있는데 괜찮아? 우리 동료 마법사는 저 목소리 때문에 마법을 쓰지 못했어."

"헤에."

확실히 약간 불쾌한 목소리지만. 마법을 못 쓰거나 하지는 않는 듯하다.

[명경지수] 스킬의 효과일까.

"괜찮은 것 같아."

"……우리 기사단의 상급 마술사는 전멸했었는데 말이야."

사쿠라이가 어이없다는 듯 쓴웃음을 지었다.

"그럼 저 눈이 잔뜩 있는 놈도 뭔가 나쁜 효과가 있어?"

"그래, 눈이 마주치면 정신이상 마법 [공포]에 걸린다고 하던데, 괜찮아?"

그쪽도 [명경지수] 스킬로 제어되고 있는 모양이군.

"아아, 문제없는 것 같아. 사쿠라이야말로 괜찮아?"

"나는 태양의 여신님의 가호로 상태이상이 모두 무효야."

"……."

이 치사한 자식. 차게 식은 내 시선을 사쿠라이는 알아차리지 못했다.

'하아, 이 녀석은 진짜 옛날부터 똑같구만.'

──끼아아아아아아아아아!!!!

불길한 용이 날뛰고 있다.

사쿠라이는 눈앞에서 펼쳐지는 두 마리 용과 왕급 마법으로 만들어진 야마타노오로치의 격렬한 싸움을 흥분한 듯이 쳐다보고 있다.

"태양의 나라에도 왕급 마법 사용자는 거의 없어. 특히 물의 왕급 마법은 처음 봤어."

"이 마법 한 발을 쓰는 데 준비가 7일이나 필요했어. 게다가 정령이 협조적이지 않으면 쓸 수가 없고. 연비가 좋은 마법은 아냐."

"단순히 발동시키는 것만이 아니라 이 정도로 완벽하게 컨트롤할 수 있는 마법사는 별로 없어."

꽤나 칭찬해 주네. 칭찬해도 아무것도 안 나올걸?

"슬슬 보이네."

지저호 천장 구멍으로 태양 빛이 내리쬐고 있다. 벌써 밤이 밝았나.

"루시에게 메테오 레인으로 큰 구멍을 뚫어 달라고 해 놓길 잘했어."

"타카츠키, 무슨 이야기야?"

"아니, 아무것도 아냐."

그럼 마지막 마무리다!

"사쿠라이. 내가 불길한 용을 밖으로 꺼낼게. 내 마법은 던전 밖으로 나가면 사라지니까 다시 하지는 못해."

"그 얘긴 못 들었는데!"

사쿠라이가 비명을 질렀다.

아, 미리 말해 두는 게 좋았을까.

"사쿠라이라면 괜찮잖아."

싱긋 웃으며 단언했다.

"큭, 알았어. 나한테 맡겨!"

사쿠라이가 각오를 다진 얼굴을 했다.

"정령님, 그쪽으로 갈게."

나는 야마타노오로치의 머리 위에 올라탔다.

바로 근처에 있던 피부가 눈으로 뒤덮인 불길한 용과 눈이 마주친다.

'으엑, 가까이 오니까 더 징그럽네…….'

얼른 끝내자.

"물 마법 : 천룡."

물의 야마타노오로치가 거대한 용으로 모습을 바꾸어 두 마리의 불길한 용과 나를 휩쓸면서 던전 천장에 뚫린 구멍으로 뛰쳐나갔다.

'고마워…… 정령님들.'

던전 밖으로 나간 순간 내 정령 마법은 힘을 잃고 사라져 버렸다.

나와 불길한 용은 하늘 높이 내팽개쳐졌다.

'사쿠라이는 따라왔을까?'

얼핏 보니 황금의 오라를 두른 사쿠라이가 보였다.

'태양 빛을 흡수하고 있어?'

사쿠라이가 두른 오라의 광채가 점점 늘어나고 있다.

이것이 [빛의 용사] 스킬인가. 모처럼이니 잘 봐 두자.

'사쿠라이, 뒤는 부탁한다.'

◇사쿠라이 료스케의 시점◇

굉장해! 진짜로 불길한 용을 끌어내 주었다.

던전 깊숙이 숨어 버려 어떻게 토벌할지 통 방도가 없었던 마물. 그걸 타카츠키가 마법으로, 자기 자신까지 한꺼번에 하늘 높이 던져 주었다. 퍼뜩 떠올랐다.

'아차, 타카츠키는 비행 마법을 못 쓰잖아!'

황급히 타카츠키 쪽을 보자 작은 우산 같은 아이템을 들고 둥실둥실 낙하하고 있었다.

다행이다. 아무래도 마법 아이템을 가지고 있었던 모양이다.

그는 오른손을 들고 '뒤는 잘 부탁해' 같은 제스처를 취하고 있다.

'좋아! 이제부터는 내가 할 일이지!'

성검을 겨누고 성투기(聖鬪氣)를 집중시킨다.

──[빛의 용사] 스킬. 황금의 성투기.

그것을 태양의 나라에서 받은 성검 [아론다이트]에 전달한다.

적은 두 마리의 불길한 용.

타카츠키의 마법 수룡은 사라지고 놈들은 자유로워져 추악한 모습을 드러내고 있다.

'아낌없이 전력으로 가겠어!'

검을 양손으로 들고 치켜 올린다.

"태양의 여신님이시여. 승리의 가호를."

──빛의 검 : 섬(閃).

성검에서 쏘아져 나온 빛이 십자로 적을 가른다. 불길한 용 한 마리가 터져 날아갔다.

'좋았어!'

그것을 보고 당해내지 못한다는 걸 깨달았는지 다른 한 마리가 도망치기 시작했다.

물론 놓칠 수는 없지! 하지만 적의 움직임이 빠르다. 게다가 도망치는 방향은…….

'저쪽은 미궁 마을 방향?'

큰일이다. 황급히 쫓았지만 좀처럼 따라잡을 수가 없다.

갑자기 나타난 생전 처음 보는 징그러운 용의 출현에 마을은 혼란을 일으키고 있다.

불길한 용이 브레스를 뿜으려 하고 있어!?

큰일이다! 불길한 용의 브레스는 단순한 공격 수단이 아니라 저주를 흩뿌리는 효과가 있다. 미궁 마을이 사람이 살 수 없는 저주받은 마을이 되고 말아!

하지만 여기서 전력으로 공격하면 마을이 휘말린다.

'어떡해야…….'

흘끗 타카츠키를 보자 '이거야 원, 뭐 하는 거야.' 라는 얼굴로 쳐다보았다.

두 손을 들고 '나는 이제 손 뗐어' 라는 포즈를 취하고 있다.

그래……. 그는 최대한 협력해 주었다. 이 이상 의지할 수는 없다.

마을을 휘말리게 할 것을 각오하고 [빛의 검]을 내리치려 하는데

──와장창────.

불길한 용이 투명한 벽에 부딪치고 무언가가 부서지는 듯한 소리가 났다. 불길한 용은 당황하고 있는 듯하다.

'……저건, 결계? 더구나 몇 겹이나 쳐져 있어?'

저런 걸 할 수 있는 마법사라면.

마을 외곽에 설치한 솔레이유 나이츠의 주둔지. 그 가장 안쪽 거대한 텐트 상공에 하얀 로브를 입은 마법사가 떠 있는 것을 발견했다.

'대현자님!'

그녀가 결계를 쳐 주었다!

'이거라면!'

성검을 겨누고 내리친다.

──빛의 검 : 섬.

두 마리째의 불길한 용이 비명을 지를 새도 없이 찢겨 나갔다.

◇타카츠키 마코토의 시점◇

"이놈들아, 잘 들어라!! 오늘 밤 연회는 멋지게 불길한 용을 해치운 빛의 용사를 칭송하는 연회다!"

오늘 영웅 술집은 평소보다 더 붐비고 있다.

"오늘 술값은 전부 하이랜드가 낸다. 모두 노엘 왕녀님께 감사 드려라!"

"""""""오오오~!"""""""

대미궁에 모인 모험가들의 갈채가 쏟아진다. 널따란 야외 술 집 일부에 특설회장이 설치되고 솔레이유 나이츠와 신분이 높아 보이는 무리가 모여 있다.

사쿠라이와 요코야마의 모습도 보인다. 아니, 그들이 오늘의 주역이다.

"빛의 용사님, 만세~!"

"솔레이유 나이츠, 만세~!"

"사쿠라이 님~ 이쪽 좀 봐 주세요~."

"안아 줘요~!"

"성검사님도 멋져!"

새된 목소리의 성원이 날아다닌다.

"이야, 엄청난 소란이구려."

"우리는 우리끼리 뒤풀이를 하지요."

우리는 후지양과 니나 씨가 잡아 준 조금 큰 테이블에 수많은 요리와 술을 둘러싸고 앉아 있다.

사쿠라이가 불길한 용을 해치운 뒤 나는 루시, 사사와 합류했 다.

루시는 '뭐야 저거! 마코토, 설마 왕급 마법까지 쓸 수 있어!?' 하고 따졌다.

'내 아이덴티티가…….' 하고 투덜거리는데, 너는 [왕급 마법] 스킬을 가지고 있을 뿐 왕급 마법은 못 쓰잖아.

솔레이유 나이츠 사람들은 부상자도 많았지만 모험가 길드 사람들의 조력도 있어 무사히 던전을 나올 수 있었다.

대미궁의 마물은 안정되고 미궁 마을은 평화를 되찾았다.

그리고 지금의 연회로 이어진다.

"그런데, 아까부터 연설하고 있는 사람은 누구야?"

모험가 길드 사람도 아니고 상인이라는 느낌도 아니다.

"저 사람은 하이랜드의 귀족이에요. 재상 보좌관이었던가요? 주인님."

"그렇소. 왕자파의 일원으로, 이번 토벌에서 사쿠라이 님이 실패하면 왕국에 보고할 계획이었던 모양이오만 예상이 빗나가서 이런 일을 하고 있는 것이겠지요."

후지양이 심술궂게 웃는다. 정말 뭐든지 알고 있구나.

"하지만 불길한 용 퇴치에는 마코토도 협력했잖아? 솔레이유 나이츠가 공을 전부 가져가는 건 화가 치미네."

"그렇지도 않다오. 사쿠라이 님이 모험가 길드에 타키 님의 활약을 전했으니 말이오. 조만간 길드에서 타키 님에게 연락이 오겠지요."

"그러니까 왜 나보다 정보가 빠른 거냐고."

에일과 닭튀김을 쿡쿡 찌르면서 딴지를 건다.

"뭐, 이번 주역은 내가 아니니까."라고 말하고, 요리를 우걱우걱 먹고 있는 동급생의 어깨를 두드렸다.

뒤돌아본 사사는 뼈가 붙은 고기를 입에 물고 손에 와인을 들고 있다.

잘 먹고 잘 마시네. 몸은 자그마한데.

"사사, 하피 여왕 퇴치 축하해."

"응. 고마워, 모두……. 특히 타카츠키 덕분이야."

"그렇지 않다고."

"하지만 던전에서 타카츠키를 못 만났더라면 나, 나……."

사사는 말하면서 팔과 허리에 손을 감아 온다.

최근의 사사는 전에 없이 스킨십이 많다.

뭘까. 라미아의 종족 특성일까. 단순히 취했을 뿐인지도 모르지만.

"잠깐, 잠깐! 아야는 마코토랑 거리가 너무 가깝다고!"

"별로~. 옛날부터 이런 느낌인데. 그치, 타카츠키?"

그랬던가~?

"흐, 흐음. 옛날부터……. 그런데, 아야는 이제 어떡할 거야?"

"그러고 보니 라미아족을 배신한 언니가 어딘가에 있는 거지?"

사사가 던전을 탐색한다면 나도 같이 갈 생각이다.

"그거 말인데, 아마 그 녀석은 여기 없을 거라고 생각해. 솔직히 일반 라미아가 혼자서 살기에 대미궁은 힘든 환경이니까."

사사 생각에 상층은 인간 모험가가 너무 많고 중층 이하는 라미아가 혼자서 살아가기 힘드니까 어딘가 다른 곳으로 도망치지 않았을까 싶다고 했다.

"타카츠키네는 맥캘란이라는 도시로 돌아갈 거지? 나도 같이 가도 될까?"

"그야 물론……."

"당연하지! 우린 파티잖아!"

루시에게 선수를 빼앗겼다. 늠름하구만.

"잘 부탁해, 사사."

"타키 님~. 그 파티에는 소생도 들어 있는 거지요~."

"주인님, 주인님. 평소와 다르게 취하셨네요."

니나 씨에게 듣기로 후지양은 혼자서 자리를 지키며 내내 걱정했다고 한다.

"나 원, 후지양. 우린 파트너잖아."

"오오! 파트너! 멋진 울림이구려!"

"여전히 사이가 좋네~."

사사가 질렸다는 듯이 웃었다.

"그런데 빛의 용사님은 어떻게 불길한 용을 쓰러뜨린 거야? 마코토는 바로 옆에서 봤지?"

"그래, 뭔가 검이 번쩍 빛나는가 싶더니 순식간에 적이 토막토막 났어."

"좀 더 자세히 설명해 줘……."

너무 순식간이라 안 보였다고.

"아, 이 파스타 맛있다~."

"사, 사사키 님. 그건 큰 접시라서 개인 접시에 담아 가서 먹는 거예요."

기분 좋게 취해 흥이 올랐을 무렵.

아까 본 태양의 나라의 높으신 분이 큰 소리로 소리쳤다.

"맥캘란의 모험가, 타카츠키 마코토여. 영광스럽게도 노엘 왕녀님께서 감사의 말을 내리신다. 이리 오도록 하라!"

미궁 마을의 모험가들이 일제히 이쪽을 돌아보았다.

에엑…… 술이 확 깨네. 왕녀님한테는 좋은 기억이 없는데.

"맥캘란의 모험가, 타카츠키 마코토여. 노엘 왕녀님을 기다리시게 하지 말라!"

일일이 풀 네임으로 부르지 않아도 잘 들린다고.

"이거, 안 가면 안 되는 거야?"

동료들에게 물어본다.

"당연히 안 되지! 상대는 대륙 최대 왕국의 왕녀님이야!"

"타카츠키 님. 실수를 해서는 안 돼요."

"사쿠라이 님이 있으니 분명 도와줄 거요."

예이예이. 가라는 거네.

"힘내~."

로스트비프를 가득 문 사사가 손을 흔든다.

'제길, 남 일이라 이거지.'

무거운 발걸음으로 기사단과 귀족인 듯한 무리가 모여 있는 쪽으로 향했다. 어쩐지 테이블이나 요리가 영웅 술집 것과 전혀 다르다.

공들인 디자인의 테이블에 고급스러워 보이는 술병과 격식 있는 요리가 놓여 있다.

좀 얻어먹어도 되나?

"여, 타카츠키."

"어, 사쿠라이. 왜인지 모르겠지만 불려왔어."

"내가 노엘 왕녀에게 타카츠키 이야기를 했더니 꼭 만나서 이야기가 하고 싶대."

'너 때문이었냐!'

원망 섞인 눈으로 봤더니 "미안 미안." 하고 사과를 받았다. 그리고 고귀해 보이는 여성 앞으로 이끌려 갔다. 옆에는 아까부터 이 자리를 감독하고 있는 아저씨가 있었다.

분명 재상 보좌관이랬던가?

"자네가 타카츠키 마코토인가. 흥, 왕녀님 앞에 내보낼 수 있는 차림새가 아니군."

"……."

뭐가 어째?

갑자기 불러놓고서는 무슨 소리야? 이 아저씨.

"너의 직업은 무어냐?"

"……견습 마법사인데요."

정령사는 스킬이고 직업으로서 인정받지는 못한다.

그래서 [소울 북]에 쓰여 있는 직업을 댔다.

"견습이라고! 이세계에서 온 용사의 동료가 아니었는가!? 그런 비천한 자가……."

"로벨, 내가 불렀습니다. 물러서세요."

"예, 실례했습니다."

로벨이라 불린 아저씨는 떨떠름하게 한 걸음 물러났다.

이놈과는 사이좋게 지낼 수 없을 것 같군.

"처음 뵙겠어요, 마코토 씨. 태양의 무녀 노엘 알테나 하이랜드입니다. 이번 불길한 용 토벌에 고생이 많았습니다."

투명한 목소리는 악기의 음색처럼 듣기 좋다. 아름다운 금발에 커다란 파란 눈동자.

그림으로 그린 듯한 공주님이 거기 있었다.

"타카츠키 마코토입니다. 치하해 주셔서, ……감사합니다. 하지만 불길한 용은 사쿠라이가 혼자서 쓰러뜨린 겁니다."

"그렇지 않아. 타카츠키 덕분에 한 명의 희생도 나오지 않았으니까."

옆에서 사쿠라이가 끼어들었다.

"어머, 사이가 좋으시군요."

노엘 왕녀님은 생글생글 웃는다.

그 매력적인 웃는 얼굴은 예전 세계의 아이돌을 연상시켰다.

이 대륙에서 가장 큰 나라의 최고 권력자 후보라고 들었는데, 상상했던 것보다 상냥한 사람이었다.

분명 국민들에게도 인기가 있겠지.

"언젠가 정식으로 인사드리겠습니다. 오늘은 인사만 하지요."

"어어…… 영광입니다."

안 돼, 뭐라고 말해야 할지 모르겠다.

사쿠라이! 도와줘.

흘끗 반 친구를 보자…….

"노엘 왕녀님, 그는 우수한 마법사입니다. 하이랜드에 손님으로 초대하는 것은 어떨지요?"

아냐! 그게 아냐, 사쿠라이. 분위기 파악 좀 해!

"료스케 님이 그런 말씀을 하시다니 흔치 않은 일이네요. 하지만 그는 로제스의 백성. 멋대로 데려갔다간 소피아 님께 혼이 날 거예요. 그렇죠, 소피아 님?"

켁, 그러고 보니 있었군.

흘끗 보니 [물의 여신의 무녀] 소피아 왕녀가 서 있었다.

"네, 그는 우리나라의 백성이니까요. 처음 뵙겠어요, 타카츠키 마코토. 이번에는 잘해 주었습니다."

"……."

이 녀석, 나에 대해서 잊어버린 건가.

뭐, 왕녀가 옛날에 한 번밖에 안 만난 놈 따월 일일이 기억하진 못하겠지.

"무례하다! 소피아 왕녀님 어전이다! 무릎을 꿇어라!"

나도 처음 뵙는다고 말해야 하나 생각하고 있는데 옆에 있던 기사가 호통을 쳤다.

물의 여신의 무녀의 수호 기사. 아아, 이놈도 있었나. 오랜만이군. 여전히 목소리가 크시네.

'그런데…… 혹시 왕녀 앞에서는 서 있으면 안 되는 거였나?'

흘끗 노엘 왕녀를 보자,

"오늘은 신분을 따지지 않는 연회랍니다."

하고 웃었다.

으음, 관대하구나. 노엘 왕녀는 여유가 있군. 그에 비해…….

소피아 왕녀는 전혀 웃지도 않고 말을 계속한다.

"괜찮습니다, 타카츠키 마코토. 당신은 우수한 마법사라고 들었습니다. 우리 나라가 믿는 여신님의 가호를 내리지요. 당신을 영예로운 로제스의 수호 마법사로 맞이하겠습니다."

'뭐? 무슨 소릴 하는 거야, 이 인간.'

"소피아 왕녀님의 온정에 감사하도록 해라! 네놈은 오늘부터 내가 톡톡히 훈련시켜 주마."

옆의 거만한 기사가 무슨 소리를 한다.

──아아, 화가 치밀기 시작했다.

너희는 그때 나를 멋대로 단정해 버렸잖아?

여신의 가호를 마음속 깊이 바랐던 나에게 '수행이 부족하다'며 떠나갔잖아?

한 번 쓱 보고는 '언젠가 다시 보자'고 말하고 나에 대해선 잊어버렸잖아?

그런데 이제 와서 뻔뻔스럽게 나타나서 가호를 내린다고?

2년 전의 분노가 다시 불붙었다.

"사양하겠습니다."

"……뭐라고?"

소피아 왕녀의 수호 기사가 성큼 다가온다.

"네놈, 자신의 신분을 모르는 거냐?"

"타카츠키 마코토. 무엇이 불만인가요."

아아, 이놈들. 진짜로 머리가 꽃밭이군.

"2년 전에 제가 필사적으로 물의 여신님의 신자가 되겠다고 말했을 때는 돌아보지도 않았으면서, 이번에는 당신들의 동료가 되라고요? 상당히 제멋대로이시네요."

무심결에 그런 말이 입에서 튀어나왔다.

아냐. 이놈들은 왕족이나 귀족이라서 잘난 거다.

이곳은 일본이 아니라 왕족이 지배하는 이세계.

그러니까 제멋대로인 건 당연하고, 왕족에게 거스르는 건 좋은 생각이 아니다.

하지만 여기서 꼬리를 흔들면서 이놈들의 부하가 될 마음은 도저히 들지 않았다.

"……당신은 혹시."

소피아 왕녀는 뭔가를 떠올린 걸지도 모른다.

"네 이놈! 소피아 왕녀님께 무슨 말버릇이냐! 로제스에 계속 있을 수 있으리라 생각지 마라."

옆의 기사가 뻔한 으름장을 놓는다.

"그럼 나가 드리죠. 당신들을 위해서 일하는 건 딱 질색이니까."

'아아, 말해 버렸다.'

성급했나…….

'어머머, 마코토도 참. 성질이 급하네~.'

그죠~. 미숙했어요, 여신님.

"어머? 타카츠키 씨. 혹시 갈 곳이 없다면 하이랜드는 언제든지 맞이할 준비가 되어 있답니다."

노엘 왕녀가 생글생글 웃으며 제안해 주었다. 그건 나쁘지 않을지도 모른다.

옆의 소피아 왕녀가 조금 불쾌한 얼굴을 했다.

"타카츠키……. 곤란한 일이 있으면 언제든지 말해 줘."

"그래……. 고마워. 사쿠라이."

노엘 왕녀와 사쿠라이에게 가볍게 고개를 숙이고, 소피아 왕녀와 옆의 기사와는 눈을 맞추지 않고 나는 그 자리를 떠났다.

'으음, 실수한 건가…….'

나는 다소 무거운 발걸음으로 모두가 있는 곳으로 돌아왔다.

"타카츠키 님……."

"마코토……."

동료들이 있는 테이블로 돌아오자 니나 씨와 루시가 어이없는 듯하면서도 걱정하는 듯한 얼굴로 말을 걸어왔다.

귀가 좋은 두 사람에게는 다 들렸나.

"타키 님. 소피아 왕녀에게 무례를 저지른 건……."

"아하, 후지양. 실수했어."

하하하 하고 억지로 밝게 대답했다.

"타카츠키, 단 거라도 먹고 마음을 가라앉혀."

사사가 케이크를 권한다. 이런 것까지 있는 건가.

"의외였어요. 타카츠키 님이 그렇게 화를 내실 줄이야."

"하지만 말이야, 2년 전에는 필사적으로 가호를 부탁했는데 거들떠보지도 않아 놓고. 그걸 잊어버리고 뻔뻔스럽게 자기들 동료가 되라고 한 거잖아? 당연히 화나지!"

루시는 감정적이지만 언제나 내 편을 들어 준다.

이런 점은 고맙다.

"타키 님. 맥캘란을 나가서 하이랜드로 이주할 생각이오?"

후지양이 쓸쓸하게 중얼거린다.

"으음, 왕녀의 호위 기사가 나가라고 했으니까 말이지……."

"사쿠라이가 있는 나라로 가는 거야?"

사사는 도너츠와 팬케이크를 먹고 있다. 단 걸 너무 많이 먹는 거 아냐?

"달리 신세질 만한 곳이 없으니까."

"그럼 나도 거기로 가는 거네."

응? 하고 사사 쪽을 보자…….

"왜 이상한 얼굴을 하고 있어? 나야말로 타카츠키 말고는 신세질 데가 없는걸."

당연한 거 아니냐는 얼굴로 와인을 비우고 있다.

도너츠와 와인은 안 어울리잖아.

"으윽. 하이랜드라고……."

루시가 미묘한 얼굴을 했다.

"루시는 하이랜드행에 반대야?"

"타카츠키 님, 하이랜드는 인간족 지상주의입니다. 루시 님 같은 엘프나 저 같은 수인족은 살기 힘든 나라예요."

어? 그래? 몰랐어.

"하이랜드의 아인이나 동물 귀 종족은 인간족보다 열등한 취급을 받고 있으니까 말이오. 소생은 별로 좋아하지 않는다오. 로제스는 그런 차별 의식이 낮은 것이 좋은 점이라오."

"후지양은 사업보다 취향을 택한 건가."

"당연하잖소!"

확고한 친구다.

"니나 씨도 하이랜드는 꺼려지나요?"

"그 나라의 귀족과 상인은 동물 귀 종족에게 금방 성희롱을 하니까요. 그렇다고 고객을 무턱대고 무시할 수는 없으니 조심하지요."

으, 으음. 니나 씨도 하이랜드에 좋은 인상이 없는 것 같다.

"무엇보다 사사키 님처럼 라미아족인 것을 들키면 한 방에 아웃이오. 틀림없이 추격당할 거요."

"그렇구나……. 그리고 보니 내 사신 신앙도 하이랜드에서 들키면 곤란한가……."

"""그건 어느 나라로 가든 위험한데.""""

사사를 제외한 세 명이 합심해서 핀잔을 주었다.

아, 그렇습니까…….

"잘 생각해 보니 루카스 씨나 마리 씨나 꼬치구이집 주인아저씨를 못 만나게 되는 것도 서운하고. 장이랑 에밀리도……."

"나라를 떠나는 건 그만두시겠소?"

후지양이 기대하듯이 말한다.

"으음, 소피아 왕녀에게 머리를 숙여야 하나……."

그렇게 날카롭게 말해 버린 직후라 몹시 망설여진다. 사쿠라이한테 부탁해 볼까? 아니, 그래도…… 하면서 이러니저러니 고민하고 있는데.

"여, 아까는 큰일이었지."

상큼한 미남 용사 사쿠라이가 나타났다.

이 자식! 누구 때문에 고민하는 줄 알아!

"사쿠라이가 이상한 데 불러내니까 큰일이 났잖아. 어떻게 해 줄 거야."

일단 눈을 흘기며 비난해 본다.

사쿠라이 옆에 요코야마가 숨듯이 서 있었다.

"괜찮아. 타카츠키가 솔레이유 나이츠에 들어와 주면 내가 전력으로 막아 줄 테니까."

씩 웃는 사쿠라이. 잠깐, 무슨 말인지 모르겠는데?

"절대 안 들어가."

솔레이유 나이츠라니, 요컨대 군대잖아?

만년 귀가파인 내가 체육 계열의 정점 같은 그룹에 들어갈 리가 없잖아!

적당히 해! 하루 만에 팽개칠 자신이 있다고.

"타, 타카츠키. 오늘은…… 저기, 고마웠어."

요코야마가 머리를 숙였다. 이 애가 나한테 말을 거는 일은 흔치 않다.

아니, 조금 겁을 먹고 있나?

"별로 대단한 일은 안 했는데."

"무, 무슨 소리야? 하이랜드에서도 쓸 수 있는 사람이 별로 없는 왕급 마법을 썼고, 이번 불길한 용 토벌의 제2공로자인데!?"

왕급 마법은 다양한 사람들이 언급했지만, 한 번 쓰는 데 7일간 준비가 필요하다는 걸 다들 모른다니까.

"뭐, 그건 그렇고, 무슨 용건이야? 사쿠라이."

"맞다. 실은 대현자님이 타카츠키…… 그러니까, 정령 마법 사용자를 만나고 싶다고 하셔서."

"괴, 굉장해! 거의 사람들 앞에 모습을 드러내지 않는 대현자님이! 해냈구나, 마코토."

루시가 자기 일처럼 기뻐한다.

"끄응……. 이제 높은 사람은 안 만나고 싶은데. 패스해도 돼?"

아까 지독한 꼴을 당했고. 자업자득이지만.

"타키 님……. 대현자님은 태양의 나라에서 세 번째로 권위 있는 분. 순순히 따르는 편이……."

"타카츠키 님……. 대현자님은 현재 지위로 따지면 아까 뵌 노엘 왕녀님보다 위세요."

동료들이 애를 어쩌면 좋으냐는 눈으로 쳐다본다. 역시 가야 만 하나.

"혼자 가야 돼?"

"아니, 동료와 같이 와도 좋다고 하셔."

"좋아, 루시랑 사사. 같이 가자."

혼자는 불안하다.

"괜찮아? 오예~."

루시는 팔짝팔짝 뛰며 기뻐한다.

"에엑, 귀찮은데. 난 됐어."

사사는 싫다는 얼굴을 한다.

"안 됩니다. 와야 합니다."

"에엑~ 횡포야~."

계속 느긋하게 먹기만 하는 친구를 휘말리게 해 주겠어.

"후지양은 어떡할래?"

"으음……. 만나 뵙고 싶은 마음도 들지만, 이 자리를 비울 수도 없으니 남아 있겠소."

"타카츠키 님, 대현자님께 싸움을 걸면 안 돼요."

"그런 짓은 안 해요……."

니나 씨가 걱정스러운 시선을 보낸다. 이건 말썽 부리는 아이를 쳐다보는 누나의 얼굴이다.

우리는 사쿠라이를 따라 솔레이유 나이츠의 주둔지로 향했다.

"백색의 대현자님이 어떤 사람인지 알아? 루시."

"너무 구름 위의 존재라서 잘 몰라."

"그렇겠지……."

신전 수업에서는 하이랜드의 권위 있는 마법사라고 배웠다.

그리고 나 같은 평범한 마법사와는 평생 인연이 없을 거라고도.

"초대 대현자님은 천 년 전에 구세주 아벨과 함께 대마왕과 싸웠던 영웅이야. 지금부터 만날 사람은 15대째야."

사쿠라이가 설명해 주었다.

"흐음, 하지만 초대가 대단해도 후예랑은 상관없는 거 아냐?"

사사가 지적한다. 상당히 날카로운 의견이다. 하지만 부탁이니까 본인 앞에서는 말하지 말아 줄래? 나도 그 생각을 하긴 했지만 말이야.

"그게 그렇지가 않아, 아야. 대현자님에겐 [계승] 스킬이라는 힘이 있어."

"천 년 전 초대님의 힘을 대대로 이어받은 거야. 대륙 최강이라 불리는 연유지."

"허~ 그렇구나."

전설의 마법사의 능력을 그대로 이어받은 건가.

그거 강할 것 같다. 이러쿵저러쿵하는 사이에 거대한 텐트 앞에 도착했다. 그때,

──노이즈 같은 귀울림이 들렸다.

'마……코……토. 마코토! 거기에…… 들어가지 말아! …… 젠장! ……결계가…….'

여신님? 무슨 일이에요?

'그 녀석을…… 만나선…….'

뭘까. 이렇게 띄엄띄엄 들리는 건 처음이다.

어떡할까……. 대현자님과는 만나지 않는 편이 좋을까.

"대현자님. 솔레이유 나이츠 제7사단 단장 대리인 사쿠라이입니다. 정령사 타카츠키를 데려왔습니다."

사쿠라이가 텐트 안을 향해 말했다.

'어떡하지……?'

여신님의 조언에 따른다면 들어가지 않는 편이 나은가. 하지

만 여기까지 와서?

"대현자님? 계십니까?"

사쿠라이의 부름에 대답이 없다.

"안 계신 걸까?"

좋아! 그렇다면 돌아가자.

"어? 대현자님. 그들만 들여보내라고요? ……네, 네, 알겠습니다."

"……사쿠라이, 갑자기 왜 그래?"

갑자기 혼잣말을 하는 사쿠라이 쪽을 본다.

"대현자님에게 [염화(念話)]가 왔어. 타카츠키 일행만 들어오라셔."

"에엑……."

사쿠라이, 같이 안 와? 점점 불안해진다. 우물쭈물하고 있자 사쿠라이가 우리를 안쪽으로 밀어 넣었다.

"실례합니다……."

텐트 안은 어두컴컴하고 드문드문 마법 랜턴이 공중에 떠 있다.

내부는 물건으로 가득 차 있어 커다란 가구 틈새로 안쪽으로 이어지는 통로가 생겨나 있다. 통로를 따라 나아간다. 통로 너머에 흰 로브를 입은 작은 마법사가 거대한 소파에 앉아 있었다. 그쪽으로 가면 되는 건가?

"좀 더 가까이 와라. 대화하기 어렵지 않느냐."

이미지와 달리 어린 여성의 목소리였다. 노인을 상상했었는데.

지시대로 몇 미터 거리까지 다가가자 흰 후드에 감추어진 새하얀 머리카락이 보였다. 확실히 백색의 대현자다.

"견습 마법사 타카츠키 마코토입니다. 이쪽은 동료인 루시 J 워커와 사사키 아야입니다."

"처음 뵙겠습니다."

"안녕하세요."

"……흠."

대현자님은 성큼성큼 이쪽으로 걸어오더니 우리를 빤히 쳐다보았다. 붉은 눈은 꿰뚫을 듯 날카롭고 안력이 강하다.

얼핏 보기에는 아름다운 소녀처럼 보이지만 오싹할 정도의 압박감이 있다.

도대체 몇 살일까? 겉보기대로는 아닐 것 같다.

"그대, 엘프와 마족의 하프인가."

대현자님이 루시를 보면서 말했다.

"'!?'"

철렁했다. 루시를 보니 굳어 있었다.

이어서 대현자님은 사사 쪽으로 시선을 돌렸다.

"그대는 라미아족인가. 심지어 재해로 지정될 레벨이로군. 재미있구나."

대현자님이 씨익 웃었다.

'위험해! 이 사람, [감정] 스킬을 가졌어!'

사사를 보자 상황 파악이 안 되는지 어리둥절해 있다.

'우웃, 큰일이다!'

마족이나 마물은 사냥당하고 말아! 여신님의 충고를 들을걸!

"그렇게 경계하지 마라. 빛의 용사 꼬마를 도와주었지? 요즘 세상에 정령사는 드무니 말이다. 좀 만나 보고 싶었다. 한데 동료도 개성이 넘치는구나."

대현자님은 히죽히죽 웃고 있다.

……마족이나 마물인 것은 개의치 않는다는 걸까?

"놀라게 했구나. 이리 앉거라. 차 정도는 내주마."

고풍스러운 크고 둥근 테이블을 마찬가지로 고풍스러운 의자가 둘러싸고 있다.

앤티크일까. 비싸 보인다.

"그대는 여기 앉거라."

왜인지 대현자님 옆자리를 지정받았다. 기, 긴장돼.

누군가 시종이라도 있는가 했는데 홍차 포트가 두둥실 날아오고, 마찬가지로 찻잔이 두둥실 날아와 눈앞에 놓인다.

컵에 홍차가 따라지자 훅 하고 감귤 계열의 좋은 향기가 났다.

마법으로 생활하고 있는 건가? 마력이 남아도는 사람은 좋겠다.

"다과는…… 음, 이거면 되겠지."

다양한 양과자가 쌓여 있는 커다란 접시가 갑자기 눈앞에 쿵하고 나타났다.

지금 이 과자를 어떻게 꺼낸 거지……? 혹시나,

"테, 텔레포트인가요?"

"호오, 잘 알고 있구나."

무, 무영창 [텔레포트] 마법. 전설 일보 직전, 대륙에서도 몇 명밖에 못 쓴다는 대마법. 이 사람, 궤를 벗어나 있어…… 거슬 러선 안 된다.

아니, 도망조차도 못 칠 것 같다…….

"그런데, 저희에게 무슨 용건이신지요?"

옆에서는 사사가 곧장 과자를 와구와구 먹고 있다.

'사사, 대담하네…….'

과연 대미궁에서 태어나 대미궁에서 자란 사람.

"아까 말했지 않느냐. 관심이 있었을 뿐이다. 그 불길한 용을 정령 마법으로 끌어낸 자가 있다고 들어서 말이야. 빛의 용사 꼬 마는 한 달은 걸릴 거라 예상했다만."

"당신이 도와주면 금방 끝났을 거라고 들었는데요?"

요코야마가 했던 말을 떠올린다.

"그래서는 수행이 안 되지 않느냐. 앞으로 마왕이 부활할 텐데 빛의 용사가 사룡 두 마리 정도로 애를 먹어서는 곤란하다."

과연. 일부러 도와 주지 않았다는 건가.

"그런데…… 그쪽의 빨강 머리 마법사."

"네, 네!"

루시는 긴장했는지 말수가 적다.

"그대, 자신의 마력에 몸이 불타고 있다는 것은 깨닫고 있느 냐?"

"예?"

루시는 놀란 얼굴을 했고, 나도 깜짝 놀랐다.

"체질이라 생각하고 있느냐? 높은 체온은 마력이 폭주한 결과다."

"어, 어떡하면 되죠……?"

"이걸 주마. 차거라."

대현자가 주변에 굴러다니던 팔찌를 루시에게 건넸다.

"마력의 흐름을 평온하게 하는 아이템이다. 그래 봬도 집을 살 수 있을 정도의 가격이다. 소중히 쓰거라."

"괘, 괜찮나요?"

소심한 나는 기가 죽어서 묻고 말았다. 어째 너무 잘해 주지 않아? 이 사람.

나중에 막대한 금액의 청구서가 오는 거 아냐?

"곧 대마왕이 부활할 것이다. 지금은 강한 인재를 찾고 있지. 우수한 마법사를 잠재워 둘 수는 없다. 보거라, 거기 먹기만 하는 라미아."

이번에는 사사 쪽을 보았다.

"느에."

사사! 최소한 삼키고 나서 대답해!

"그대가 가진 [변화] 스킬은 우수하다. 피부색이 파란 어중간한 인간이 아니라 완벽한 인간으로도 변신할 수 있다. 그뿐 아니라 무엇으로든 변화할 수 있는 스킬이다. 드래곤이나 마족이라도 말이지."

"어라? 나는 언니들에게 [인간화 마법]으로 배웠는데."

"그것은 라미아족이 가지고 있는 스킬이지. 그대의 스킬은 그보다 상위다."

"헤에, 그렇구나……. 고맙습니다."

굉장하군. 이 사람, 도움이 되는 아이템이나 조언을 준다.

조력자 캐릭터 아냐.

"그런데, 문제는 그대로군. 정령사."

"……저는 평범한 인간입니다."

"호오."

재미있다는 듯이 대현자의 눈이 가늘어지더니 내 머리에 손을
얹는다.

어쩐지 이 사람도 사사처럼 손가락이 차갑네.

"스테이터스를 보도록 하겠다. 손이 닿아 있는 편이 감정하기
쉽지. ……상당히 편중된 스테이터스구나. 낮은 수치가 이어지
는데 물의 숙련도만이 쑥 튀어나와 있어."

어쩐지 간지럽다.

"음…… 이건 안 되겠구나."

갑자기 머리를 콱 붙잡혔다.

"그대, 사신의 사도인가."

시간이 얼어붙었다.

""…….""

루시와 나는 침묵. 사사가 과자를 뜯는 소리만 들린다.

"아뇨, 아닙니다."

일단 웃는 얼굴로 얼버무린다.

──사신 신앙은 말할 필요도 없이 중죄. 최악의 경우 사형.

후지양과 니나 씨와 루시의 말이 되살아난다.

"사신 노아의 사도인가……. 두 번째로 만나는구나."

대현자는 굳은 얼굴을 하고 있다. 내 머리는 작은 손에 붙들린 채다.

"아뇨……. 그러니까, 무슨 착각이 아닌지……."

"사신 노아의 사도. 놈은 분명 천 년 전……. 대마왕이 부리는 아홉 마왕 중 한 명, [미친 영웅]이었지."

"어? 그 전설의 용사 살해자요?"

루시가 끼어든다. 그게 뭐야?

"루시, [미친 영웅]이라니?"

"구세주님의 이야기에 나오는 인류의 천적이야. 대마왕의 오른팔이라 불리며 천 년 전 빛의 용사를 제외한 용사들을 몰살한 전설의 광전사야. 최후에는 구세주 아벨에게 멸해졌다……고 해. ……그게 사신 노아의 사도……였던 거예요……?"

말하면서 루시도 불안해진 듯했다.

어, 노아 님 뭘 하세요? 그런 얘긴 못 들었는데요?

"하나…… 내가 아는 사신의 사도는 좀 더 미쳐 있었지. 대화도 제대로 할 수 없었다."

어떤 사람이었길래, 선배 사도.

"마치 보고 온 것처럼 말씀하시네요."

"그래……. 나에게는 천 년 전의 기억이 있으니 말이다."

아까 들은 [계승] 스킬이라는 건가.

"그대, 계속 사신의 사도로 있을 것이냐?"

대현자님이 날카로운 시선을 나에게 보내며 묻는다.

'이, 이건 뭐라고 대답해야 하지.'

"아뇨, 그러니까…… 저는 사신의 신자가 아니라서……."

괴롭지만 똑같은 변명을 계속한다.

"끝까지 인정하지 않는가……. 흠, 뭐 그런 걸로 해 두마."

손이 떨어졌다. 마지막에 머리카락을 헤집었다.

"그대들, 하이랜드에 올 때는 나를 찾아오거라. 수행을 시켜 주마."

어라? 끝이야?

"저, 저기……. 괜찮나요?"

마족에 마물에 사신의 사도. 중범죄 삼진 아웃 느낌인 파티인데요.

눈감아 주는 걸까?

"아까도 말했다만, 대마왕 부활을 앞두고 조금이라도 강한 인재는 확보해 두고 싶으니 말이다. 만약 적으로 돌아선다면 내가 책임지고 처리해 주마."

씨익 웃는다. 무섭다.

"저희는 대마왕과 싸울 마음이 없는데요?"

"어? 그래? 타카츠키."

사사, 그렇게 의외라는 얼굴 하지 마. 나는 용사가 아니고 강하지도 않다고.

"대마왕이 부활하면 지상의 백성과 마족의 전쟁이 된다. 전쟁에 지면 우리는 모두 마족의 가축이 되지."

"……."

도망칠 수 없다는 뜻인가?

"정령사. 다음에 만날 때까지 사신의 사도를 그만두기를 추천하마. 그 사신을 따라 봐야 불행해질 뿐이다."

그렇게 말하고, 대현자님은 소파에 누워 버렸다.

곧바로 잠든 숨소리가 들린다. 잠들었어?

결국은 조언과 아이템을 주는 좋은 사람이었다.

마지막 대화만 없었더라면 최고였겠지만…….

개운치 않은 기분으로 자리에 돌아오자 연회는 슬슬 막바지였다.

'술이 깼네…….'

비틀비틀 걷는다. 식욕도 없어져 버렸다.

붕 뜬 머리로 멍하니 있자니…….

"타카츠키 님. 손님이 오셨어요."

니나 씨가 어깨를 찔렀다.

나타난 사람은 물의 여신의 무녀이자 로제스의 왕녀 소피아 에 이르 로제스였다.

대현자님의 이야기를 듣고 기분이 가라앉아 있는데.

'하필이면 당신이냐고…….'

"타카츠키 마코토. 지금 괜찮습니까."

청명하고 잘 울리는 목소리. 차가운 용천수 같은 청량감을 느끼게 한다. 그리고 여전히 무뚝뚝한 표정이다. 소피아 왕녀가 무슨 이유인지 우리 테이블에 와 있었다.

호위 기사는 있지만 아까처럼 거만한 기사는 아니었다.

"……무슨 일이시죠?"

설마 당장 나가라든가?

[명경지수] 스킬로 냉정을 가장하고 대화한다.

"그 수호 기사는 면직시켰습니다."

"엉?"

처음에는 무슨 말을 하는지 알아듣지 못했다.

조금 간격을 두고, 그 목소리가 큰 수호 기사 얘기라는 걸 알아차렸다.

'응, 어? 그 녀석 잘린 거야?'

"대미궁을 구한 용사님을 불쾌하게 만든 죄입니다. 이걸로 용서하지 않겠습니까?"

"용서고 뭐고…… 애초에 저는 용사가 아닌데요……."

"이세계에서 온 용사 중 한 명이지요. 그러니 당신은 계속 로제스에 있어 주었으면 합니다."

'헤에…….'

놀랐다. 이렇게까지 숙이고 나오는 건가? 나는 단지 견습 마법사일 뿐인데.

"저기, 저기."

루시가 소매를 쭉쭉 끌어당긴다. 안다니까. 이상한 고집 안 피운다고.

"……저는 맥캘란 마을이 마음에 드니까, 계속 로제스에서 모험가를 할 겁니다."

그 말을 듣고 소피아 왕녀가 안심한 표정을 보였다.

하지만 순식간에 원래 표정으로 돌아갔다.

"뭔가 바라는 것이 있습니까? 제가 할 수 있는 일이라면 해 드리지요."

오, 후한데. 하지만 나는 딱히 바라는 게 없는데…….

맞다, 이건 항상 신세 지는 친구에게 양보하자.

"실은 이쪽이 제 친우인 후지와라라고 하는데요."

"타, 타키 님!?"

갑자기 끌려 나온 후지양이 놀라고 있지만, 내 생각은 전해졌을 터.

[독심] 쓰고 있지?

"우리가 더욱 활약할 수 있도록, 그의 사업을 받쳐 주실 수 있을까 해서요. 그도 이세계에서 온 용사 중 한 명이니까요. 제 활약은 그의 지원 덕분입니다."

"……그렇군요. 구체적으로 뭘 하면 되지요?"

후지양, 갑자기 떠넘겨서 미안.

후지양이 '너무 갑작스럽잖소' 하는 눈으로 쳐다본다.

하지만 역시 그다. 뭔가 생각난 듯이 말하기 시작했다.

"그럼 로제스에서 사업의 자유를. 특히 귀족 구역의 상업 허가를 받을 수 있다면 도움이 될 것입니다."

"좋습니다. 제 이름으로 허가증을 드리지요. 나중에 왕도로 받으러 오십시오."

““감사합니다.””

나와 후지양은 머리를 숙였다. 이러면 됐나.

“그럼 또 만나지요.”

소피아 왕녀는 떠나갔다.

“타키 님, 갑자기 이야기를 떠넘길 줄은 몰랐소!”

퍽퍽 때렸다.

“아, 미안 미안. 하지만 괜찮았지?”

“멋지오! 로제스 제1왕녀의 이름으로 사업을 자유롭게 해도 좋다니! 이제 물의 나라의 비즈니스는 소생이 독식을…….”

오, 후지양이 사악한 얼굴을 하고 있어.

“타, 타카츠키 님. 무서운 짓을 하시는군요…….”

니나 씨가 딱딱한 미소를 짓고 있다.

“제가 뭐 이상한 소리를 했나요?”

“마코토……. 보통은 왕족이 원하는 게 있냐고 물어도 일단 사양하는 법이야.”

“주인님도 무서운 줄을 모르시네요.”

과연, 그런 매너가 있는 건가.

“하지만 몰라. 난 이세계인이니까.”

“그건 그렇고, 아까 그 왕녀님. 꽤나 타카츠키가 나라에 남아 주길 바라는구나.”

사사가 불쑥 말했다.

“그러게 말이야. 그렇게 무례한 태도를 취했는데도 용케 이만

큼이나 여러 가지로 승낙해 줬네."

"아마 소피아 왕녀도 마음속으로는 화가 났겠지요."

"……."

후지양이 말한다면 틀림없겠지.

아무래도 소피아 왕녀는 내심 화가 났던 모양이다. 뭐, 어때.

"소피아 왕녀가 로제스로 스카우트했던 전사와 마법사는 모두 국외로 도망쳐 버렸거나, 부상을 입어서 전력이 되지 않거나 한답니다."

니나 씨가 설명해 주었다.

헤에, 그렇구나.

"거기 우리 반 친구들도 들어 있어?"

"그렇지요. 아무래도 로제스의 엄격한 규율이 맞지 않았던 모양이오. 로제스는 종교 국가. 교의나 의례가 많으니까 말이오."

아아, 확실히. 로제스는 종교 예절에 까다롭지.

"덕분에 소피아 왕녀는 사람 보는 안목이 안 좋다는 소문을 듣고 있어요. 반면 노엘 왕녀 쪽에는 우수한 인재가 풍부하게 모여 있지요."

호오오, 그거 불명예스러운 소문이군.

"그래서 한 번 내친 견습 마법사까지 필사적으로 붙잡고 있는 건가."

"결과적으로는 맥캘란에서 쫓겨나지 않았으니까 잘됐잖아!"

그러네. 루시 말대로다.

"그럼 돌아갈까. 맥캘란으로."

"응!"

돌아가서 주인아저씨의 꼬치구이를 먹으며 루카스 씨나 마리 씨와 시시한 잡담을 하고 싶다. 그리고 장과 에밀리에게는 대미궁 이야기를 들려주자.

사사에게는 맥캘란을 안내해 줘야지.

그런 생각을 했다.

이렇게 해서 대미궁에 도전한 우리의 모험은 끝났다.

하지만 마음에 커다란 가시가 박혀 있다.

대현자님에게 들었던 말.

천 년 전, 노아 님의 사도에 관해.

나는 여신님과 이야기를 해야만 할 것 같다.

꿈을 꾸었다. 장소는 여신님의 공간.

뭐, 불려오겠거니 생각하고 있었다.

시선을 돌리자 여신님이 무릎을 세우고 앉아 있었다.

그런 짧은 치마를 입고 무릎을 세우고 있으면 속옷이 보이는 거…… 역시 안 보이네. 여신님의 절대영역은 오늘도 철벽이다.

"뭐 하시는 거예요?"

가까이 가도 나와 눈을 마주치지 않는다.

"여신님?"

"마코토, 내 신자를 그만둘 생각이야?"

"아직 아무 말도 안 했는데요."

"그 하얀 녀석에게 들은 말, 신경 쓰고 있잖아?"

하얀…… 대현자님 얘긴가.

"여신님은 천 년 전에 마왕 편이었던 거예요?"

"……글쎄."

부루퉁한 표정으로 대답하는 여신님. 토라진 건가.

"신자를 그만두겠다고 말 안 했잖아요."

정령 마법은 여신님에게 받은 [기프트] 스킬.

정령 마법을 쓸 수 없게 되면 곤란하다. 나에게는 사활이 걸린 문제다.

"신자를 그만둬도 정령사 스킬은 남아."

"어? 그래요?"

"신은 한 번 내린 것을 거둬 갈 정도로 편협하지 않아."

……그렇구나.

"어떡할래? 신자 그만둘래?"

"그러니까 왜 그런 말투로……."

"하지만…… 나를 의심하고 있잖아."

마음을 읽을 수 있지, 여신님. 그런데 말이야.

"수상하다는 생각은 처음부터 했어요."

이름을 대지 않았고, 사신이라는 걸 숨겼고. 그런데 대화가 진척되지 않는다.

끈질기게 계속 물어볼까.

"제 전임자는 왜 마왕 편을 든 거예요?"

"여러 가지 일이 있었어."

절대로 말하고 싶지 않은 건가?

아니, 이건 들어야 할 정보라는 기분이 든다.

"여신님. 진짜로 원하는 게 뭐예요? 가르쳐 주세요."

"……보통은 반대야. 왜 신자가 여신에게 바람을 묻는 거야."

어이없다는 눈으로 보았다.

한동안 침묵이 이어진다. 나는 멍하니 여신님의 옆얼굴을 바라보았다.

언제 보아도 말로 표현할 수 없을 정도로 절세 미녀다. 아, 조금 기뻐 보인다.

여신님이 한숨을 쉰다. 졌다는 듯이 떠듬떠듬 말하기 시작했다.

"……내가 철이 들었을 때, 티탄 신족은 신계전쟁에 진 후여서 아무도 없었어. 모두 타르타로스에 갇혀 있어서 나 혼자였어.

한동안은 거신족 할아범들과 함께 지냈지만 그들도 성신 무리에게 도전해 모두 죽거나 봉인당해 버렸어…….

그로부터 천오백 년 이상 계속 혼자였어. 어떻게든 동료를 구하려고 여러 가지 해 봤지만 결국 해저신전에 갇혀 버려서…….

이제 혼자서는 쓸 수 있는 방법이 없어…….

그래도 나는 가족을 구해 내고 싶어……."

──티탄 신족 동료를 구해 낸다.

그것이 여신님의 진정한 바람일까. 하지만 티탄 신족이 봉인되어 있는 장소는 인간이 갈 수 없는 모양이고.

게다가 대현자님이 한 말에 대해 아직 설명을 듣지 못했다.

"천 년 전에 노아 님의 사도가 용사를 죽인 건 왜죠?"

"악신(惡神) 무리가 마왕의 편을 들어서 용사를 죽이면 티탄 신족을 구해 주겠다고 말했어."

아, 악신? 처음 듣는데, 그런 것도 있나.

"악신족은 마족이나 마물을 만들어 낸 신이야. 성신들과 싸우고 있어. 결국 약속은 지켜지지 않았지만……."

노아 님은 쓸쓸한 듯이 말했다.

"그럼 이번에는 저에게 용사를 죽이게 하거나 하지는 않으시는 거죠?"

"애초에 용사를 이길 수 있어? 마코토가."

불길한 용을 일격에 분쇄하던 사쿠라이의 모습을 떠올린다.

……절대 무리야.

애초에 반 친구랑 싸우라니 진짜 참아 달라고.

"천 년 전과 지금은 상황이 전혀 달라. 당시에는 지상을 대마왕과 마족이 지배하고 있었어. 인간은 절망해서 성신에 대한 신앙심이 약해져 있었어. 그래서 악신 쪽이 유리하다고 생각한 거야."

"허……. 그렇군요."

"그때 반성을 했는지, 지금 지상에서는 태어나자마자 어디든 여신 신앙을 갖도록 의무를 지워 놓은 거야! 이러면 내 신자로 만들 수가 없잖아!"

여신님의 목소리가 거칠어진다.

"그래서 마코토의 반 친구들이 이세계에서 왔을 때는 기회라고 생각했어. 일본인은 모두 무교니까!"

'일단은 불교가 많은 듯한 기분이 들지만, 뭐 무교 비슷한 거지…….'

"하지만 모두 성신 신앙에 스카우트되어 버렸죠."

"남은 게 너야. 심지어 내 매료 마법이 안 통하다니 완전히 계산 밖이었고……."

우리 여신님은 속이 시커멓군.

"무슨 소리야. 신자가 떠나지 않도록 좋은 꿈을 꾸게 해 주는 건 어느 여신이든 다 해."

"……그런가요."

별로 듣고 싶지 않은 이야기네.

"그래서, 여신님은 이제부터 어떡하고 싶으세요?"

"……성신족의 힘은 신앙심이 원천이야. 신자의 신앙심이 많고 강할수록 놈들의 지배력은 강해져. 반대로 신자가 절망하는 사태가 되면 신앙심이 줄어들어서 성신족의 힘이 약해져."

인간이 절망하는 사태…….

"대마왕 부활인가요."

"그래."

여신님이 고개를 끄덕인다.

앞으로 몇 년 안에 그 일이 일어난다고 한다.

"하지만 대마왕의 부하가 되는 건 싫은데요? 저는."

대마왕은 도전해야 할 존재다. 따를 존재가 아니다.

"알아. 악신족과 마왕 무리는 이제 믿지 않아."

이 여신님의 말은 사실일까?

뭐 어때. 누구 편을 들지 마지막에 결정하는 건 나다.

"그래그래. 하얀 놈이 말한 대로 대마왕이 지상을 지배하면 인간은 노예 이하의 취급을 받아. 천 년 전은 지독한 상황이었는걸."

"예에……."

그건 사쿠라이가 힘내 주었으면 하는데.

역시 모두의 힘을 합쳐야 하는 걸까.

"정보가 여러 가지로 흩어져 있으니까 정리해 보면."

머리에 손을 대고 정보를 하나하나 정리한다.

"제가 이제부터 해야 할 일은,

1. 몇 년 이내로 부활할 대마왕의 위협을 어떻게든 한다.

2. 성신족에 대한 신앙심을 약화시켜 성신족의 힘도 약화시킨다.

3. 성신족의 힘이 약해지면 티탄 신족을 구할 수 있을지도 모른다.

인가요?"

가능할까? 그런 일이. 어마어마하게 허들이 높은데요.

"나는 유일한 신자에게 그런 무리한 소릴 할 생각은 없어. 기본적으로 마코토는 자유롭게 놔두고 있잖아?"

확실히 물의 신전을 나온 직후에 그런 부탁을 받았다면 절대로 거절했을 거다.

"대미궁에 가라고 한 건 친구와 재회시켜 주려는 선의였고."

그치? 하고 귀여운 얼굴로 말하는 노아 님.

선의라……

"뭐야! 의심하는 거야!"

"숨기는 게 너무 많아요, 여신님은."

심지어 나중에 들키지.

"우우……."

눈물이 맺히는 여신님.

'아, 이건 가짜 울음이군.'

요즘 알게 됐다.

"꿰뚫어 보지 마! 하, 하지만, 지금이 기회라니까. 요 천 년 동안은 성신족에 대한 신앙심이 강해지기만 했어. 그걸 불쾌하게 생각하는 악신족이 큰맘 먹고 마족에게 지상을 공격하도록 하려고 해. 거기에 잘 끼어들 수 있을지도 몰라."

"끼어든다니, 구체적으로 뭘 하면 돼요?"

"성신족이 고른 용사 대신 마코토가 활약하는 거야. 그렇게 하면 성신족은 도움이 안 된다, 마코토가 믿는 신이 더 좋은 거 아니냐? 라고 모두 생각할 거 아냐?"

"그렇게 잘될까요."

불안하다. 그런 마음을 읽었는지 여신님의 표정이 슥 풀어진다.

"뭐, 강제하지는 않아. 마코토가 자유롭게 결정해."

으음, 스스로 선택하라는 건가.

하지만 대현자님이 몹시 신경 쓰이는 말을 했었지.

"제 사신의 사도 선배는 머리가 이상해졌다고 하던데요."

"아, 그건, 그놈이 악의가 담긴 표현을 한 거야. 내 매력에 헤롱헤롱해진 신자가, 저기, 옆에서 보기엔 약간 이상했던 것뿐이야! 본인은 행복해 보였다고!"

에엑~? 그거 행복한 건가?

여신님의 매료 마법에 걸렸던 건가, 선배.

악덕 종교에 빠져서 본인만 행복하다고 생각하는 패턴 같은데.

"어차피 마코토한테는 [매료]가 안 통하니까 상관없잖아."

"그렇긴 한데요⋯⋯."

그런 문제인가?

뭐, 애초에 신과 인간은 가치관이 전혀 다르니까. 완전히 이해하는 건 무리겠지.

"그래서, 어떡할래?"

여신님이 똑바로 나를 쳐다본다.

[사신 노아의 권유에 응해 세계의 체제를 전복시키겠습니까?]
네

아니오

'진짜냐고~.'

⋯⋯⋯⋯지금까지 중 최대로 고민되는 선택지가 떴다.

노아 님을 다시 본다. 겉보기에는 성스럽고, 아름답고, 사랑스러운 소녀다.

'오직 혼자서 성신족에게 계속 도전해 온 여신님⋯⋯이라.'

신화 시대부터 계속 혼자. 솔직히 상상도 가지 않는다.

내가 이 이세계에 와서 약 1년간 혼자서 수행했던 것의 몇만 배나 되는 고독일까.

노아 님은 물의 신전을 나와 처음으로 나에게 말을 걸어 준 여신님이다.

흑심이 있었다 해도.

──그리폰과 싸워 살아남을 수 있었던 건 노아 님의 가호 덕

분이고.

——정령 마법은 노아 님에게 받았다.

——사사나 사쿠라이와도 재회할 수 있었다.

'나는 받기만 했구나…….'

아직 아무것도 보답하지 못했다. 은혜를 은혜로 갚지 않는다면 그냥 배은망덕한 인간일 뿐이다.

"마코토, 어떡할래?"

노아 님은 턱을 괴고 아름다운 눈동자로 나를 바라보고 있다.

다시 한번 선택지를 본다.

[사신 노아의 제안에 따라 세계의 체제를 뒤엎겠습니까?]

네←

아니오

이 세계는 성신족이 지배하고 있다.

그리고 천 년 전의 전임자와 달리 악신족인가 뭔가와도 적대해야만 한다.

이 세계에서 외톨이인 사신의 사도다.

즉…… 요컨대 [세계의 적]이다.

'난이도 밸런스 미쳤잖아…….'

똥망겜이네, 웃음이 나올 정도로.

'하지만, 좋아.'

나는 별로 망설이지 않았다. 이럴 때 선택하는 방침은 정해져

사신 노아의 제안에 따라
세계의 체제를 뒤엎겠습니까?

▶예
　아니오

있다.

　──나는 항상 난이도가 높은 쪽 선택지를 고른다.

　왜냐하면, 그 편이 재미있을 것 같잖아?

　"여신님의 바람, 함께 실현하죠."

　노아 님 앞에 무릎을 꿇고 시선을 맞추며 나는 대답했다.

　아름다운 눈동자가 놀라 흔들린다. 그 눈동자에 빨려들어 갈 것 같다.

　……어쩌면 나는 훨씬 전에 매료 마법에 걸려 버렸는지도 모르겠다.

　"고마워, 마코토."

　노아 님의 웃는 얼굴은 눈부셨다.

　──이렇게 해서 나는 정식으로 노아 님과 함께 세계 전복을 노리는, 사신의 사도가 되었다.

"와아! 이게 비공선?"

사사가 배 선두에 서서 두 팔을 펼치고 바람을 맞고 있다.

'루시랑 같은 행동을 하네.'

"사사키 님! 위험해요!"

니나 씨에게 혼나는 것도 똑같다.

'사사가 즐거워 보이네.'

그 모습을 멍하니 쳐다보면서 멀어져 가는 대미궁 마을을 바라보았다. 그 옆에는 귀환 준비를 하고 있는 솔레이유 나이츠의 모습도 보인다.

"안녕, 사쿠라이."

작별 인사를 하지 못했기 때문에 나는 비공선에서 목소리를 보냈다.

빛의 용사에다 구세주의 환생이라 힘들겠지만 열심히 해.

다음에 태양의 나라에 놀러 갈게. 마음이 내키면.

날씨는 쾌청. 여행을 떠나기에 좋은 날이다.

"타카츠키, 저게 뭐야?"

비공선에서 한동안 하늘을 날아가다 몇 시간이 지났을 때.

사사가 무언가를 발견했는지 가리키는 방향을 보니 수많은 텐트가 보였다.

"저건 바자라오! 이런 곳에서 개최하다니 드문 일이구려!"

후지양이 가르쳐 주었다.

헤에, 처음 보는데. 시장 같은 건가?

"루시, 뭔지 알아?"

"여행 행상들이 일정 기간 모여서 일제히 거래를 하기 위해 개최된대. 스프링로그에서는 보지 못했던 인간족의 문화야."

"네, 맞아요. 주인님, 들렀다 가실 건가요?"

"으음, 그렇구려. 어떻소, 타키 님."

후지양이 나를 살핀다.

"가 보자!"

처음 보는 이벤트에는 얼굴을 내밀어야지! 우리는 근처에 비공선을 세우고 바자로 향했다. 바자는 수많은 사람으로 붐비고 있었다.

의류와 무기, 마도구에 음식, 생물까지 뭐든 다 팔고 있다.

의류는 본 적이 없는 디자인이다. 이국의 물건일까? 무기와 음식도 본 적이 없는 희귀한 것이 많다.

"거기 형씨! 좋은 물건이 있어! 보고 가지 그래!"

"여기여기, 오빠. 잠깐 보고 가요!"

그리고 호객도 심하다. 그리고 이상하게 나에게 말을 많이 건다. 봉으로 보이는 건가?

"타키 님. 이런 바자에서는 말하는 가격으로 사선 안 되오. 대체로 정가의 세 배 정도로 설정되어 있으니까요. 반드시 값을 깎아 주시오."

"세, 세 배?"

나는 놀랐지만 니나 씨와 루시는 당연하다는 얼굴을 하고 있다.

'값을 깎으라고…….'

낯가리는 사람에겐 너무 허들이 높은데.

"저기요, 아저씨. 이거 이 가격에 팔아 줘요."

"이봐, 아가씨. 그러면 적자가 나고 말아."

"엥~ 그럼 필요 없어요."

"어허, 기다려 봐! 그럼 이 가격은 어때."

"조금만 더!"

"에잇, 그럼 이 정도."

"와아~!"

"가져가, 이 도둑아."

사사가 팍팍 값을 깎고 있어……. 여전히 커뮤니케이션 능력이 좋구나.

"타키 님. 소생은 니나 님과 노점을 보고 다닐 생각인데 같이 가는 게 어떻소?"

후지양이 권유했다. 옆에 있는 니나 씨의 표정은 평소처럼 생글생글 웃고 있어서 감정을 읽을 수 없다.

하지만 대미궁 공략 때 니나 씨와 했던 대화를 떠올린다.

'여기선 눈치 있게 행동하자.'

"나는 따로 천천히 돌아볼래."

"그렇소이까……."

후지양은 약간 유감스러운 듯이 말하고 니나 씨와 함께 나갔다.

나갈 때 니나 씨가 가볍게 인사를 했다. 아무래도 올바른 선택지였던 모양이다.

자, 나는 어디로 갈까. 노점에는 본 적도 없는 상품이 잔뜩 있다. 보고 다니기만 해도 재미있을 것 같다.

"마코토. 같이 돌자!"

"타카츠키, 같이 가자~."

오른쪽에서 루시가, 왼쪽에서 사사가 팔짱을 꼈다.

""…….""

그리고 두 사람이 나를 사이에 끼우고 서로 쳐다보고 있다.

주변 공기 온도가 조금 내려간 느낌이 들었다.

"루도 같이 와도 좋아."

"아야, 같이 와도 괜찮아."

……뭐지? 이 찌릿찌릿한 공기.

깨닫고 보니 사사는 루시를 '루'라고 부르고 있다. 그 부분만 보면 사이가 좋아진 것 같은데…….

""…….""

어쩐지 두 사람 사이에는 위태로운 공기가 흐르고 있다.

"그럼 셋이서 갈까."

"좋아." "응~."

우리 파티는 모두 사이가 좋은 거다! 알겠지?

루시, 사사, 나 셋이서 노점을 여기저기 보고 다녔다.

도중에 두꺼운 햄과 채소를 끼운 샌드위치를 사고, 생선을 꼬치에 꽂아 소금구이한 것을 사서 식사를 했다.

맛은 이국적이라고 하면 될까? 향신료를 많이 써서 특색 있는 맛이 났지만 맛있었다.

음료수로는 과일 믹스 주스를 팔고 있었다. 이건 엄청 달다.

"물 마법 : 냉각."

조금 미지근해서 물 마법으로 식히니 딱 좋았다.

"맛있어~ 타카츠키."

"마코토의 마법은 편리하네."

사사와 루시도 좋아하는 것 같아서 잘됐다.

점심을 먹은 후에 들른 구역은 의류가 많은 구획이었다. 특히 여성복을 산더미처럼 쌓아 놓고 팔고 있는 노점이 눈에 띈다. 맥캘란 옷가게에서 파는 것과는 다른 디자인이 많았다.

역시 여성은 어느 세계에서든 멋 내는 걸 좋아하는지, 루시도 사사도 눈을 빛내고 있어서 보고 오지 그러냐고 둘에게 말했다.

현재 루시와 사사는 다양한 노점의 옷을 물색 중이다.

"있잖아, 마코토. 이 옷 어때?"

루시가 보여 준 것은 차이나 드레스 같은 형태를 한 새빨간 드레스.

빨간색을 참 좋아하는구나.

"괜찮지 않아?"

루시에게 어울릴 것 같다.

"진짜? 마코토가 그렇게 말한다면……."

"있지, 타카츠키! 이거 어때?"

사사가 대화에 끼어들었다.

사사가 손에 들고 있는 옷은 남국풍 흰 셔츠와 오렌지색 스커트.

"귀여운 것 같아."

사사에게 어울릴 것 같다.

"그렇구나, 그럼 이걸로 할까."

""…….""

왜인지 일일이 마주 보는 두 사람.

""시착해 볼게!""라고 말하고 둘은 탈의실로 보이는 텐트로 사라졌다.

'나도 뭔가 멋진 장비 없을까.'

모처럼 왔으니까 나도 뭔가 새로 사고 싶었는데. 근력이 최저 레벨인 내가 입을 수 있을 만 한 건 적었다. 반대로, 무기는 이미 [신기(神器)]를 가지고 있으니까.

여신님의 단검을 넘어서는 무기는 눈에 띄지 않는다.

'당연하잖아~.'

그렇죠~ 노아 님.

"기다렸지! 마코토. 어때?"

루시가 탈의실에서 나왔다.

"오, 오오……!"

무심결에 감탄의 목소리가 나왔다.

루시는 몸에 딱 맞는 새빨간 차이나 드레스를 입고 있다. 대담

한 트임 사이로 보이는 허벅지가 눈부시다.

평소의 미니스커트보다 더욱 아슬아슬한 위치의 피부가 엿보인다.

"어, 어울려."

정확히 말하면, 야해.

얼굴이 빨개지지 않도록 [명경지수] 스킬을 최대로 올린다.

"진짜? 마코토, 이런 옷 좋아해?"

루시가 눈을 올려 뜨고 다가온다…….

'우…… 평소랑 다른 옷을 입으니 이미지가 바뀌는구나.'

몰래 긴장으로 몸을 굳히고 있는데…….

사사가 "타카츠키! 봐봐~."라고 하면서 탈의실에서 나타났다.

"오옷!?"

사사는 히비스커스 같은 꽃무늬의 스커트를 입고 있었다.

문제는 상반신인데, 얼마 안 되는 천이 가슴을 가리고 있을 뿐이었다.

"추, 춥지 않아?"

가슴밖에 안 가리고 있는데요? 배가 훤히 다 보여.

"별로~. 아니, 그것 말고 다른 할 말이 있지 않아~?"

귀엽게 포즈를 취하는 사사.

"귀, 귀엽습니다……."

하지만 노출이 너무 많아서 눈 둘 곳을 모르겠다. 평상복과의 갭이 너무 크다.

귀엽네…… 사사.

"어라~ 타카츠키 눈빛이 응큼해~."

히죽히죽 웃으며 이쪽으로 다가오는 사사. 목에 팔을 감는다.

"마코토, 이쪽도 봐봐."

동시에 루시도 나에게 응석 부리며 기댄다. 두 사람의 팔이 목에 얽혀든다.

내 목 뒤에서 두 사람의 손이 얽히고, 시선도 얽힌다.

"흐음, 루의 복장은 야하네~."

"아야 옷도 모험에는 안 맞는데?"

"별로 상관없는걸~. 타카츠키한테 보여 주는 용도니까."

"나, 나도 마코토에게 보여 주는 용도거든."

""…….""

왜 일일이 기 싸움을 하는 건데!?

"두, 둘 다 마음에 들었으면 살까."

나는 초조해져서 주인에게 가격을 물었다.

"오오! 형씨의 일행은 둘 다 귀엽군. 그럼 이 액세서리도 같이 어때? 마물을 쫓는 효과도 있는 좋은 물건이야!"

뭔가 이것저것 같이 사 버렸어!

"마코토, 고마워." "고마워, 타카츠키!"

루시와 사사가 기뻐해 줬으니까 상관없지만.

그 후로도 한동안 노점 순회를 즐겼다.

복장은 아까 샀던 새로운 옷이다. 섹시하고 귀여운 복장을 한 두 미소녀 일행.

덕분에 주위로부터 약간 주목받게 된 느낌이 든다.

곳곳에서 루시와 사사가 서로 기 싸움을 하는 게 조금 난처했다.

쇼핑을 대강 끝내고 어슬렁거리고 있을 때.

"저기 봐, 마코토."

루시가 가리키는 방향에 입간판이 보였다.

[연을 맺어 주는 신사].

일본어로 간판이 세워져 있다.

'이거 만든 사람, 틀림없이 이세계인이겠지……'

정확히는 일본인이겠지.

"저기, 타카츠키. 둘이서 가 보자~."

"저기, 마코토. 둘이서 가자!"

""……""

말없이 서로 노려보는 건 그만두면 안 될까?

"있잖아, 루?" "저기, 아야?"

슬슬 두 사람의 말투가 수상하다. 일촉즉발의 공기가 흐른다.

"아~ 이제 그만 싸워!"

그걸 황급히 막는다.

세 명분의 입장료를 내고 안에 들어갔다. 입구는 일본의 기둥
문, 토리이 형태를 하고 있다.

'여기, 이세계 아니었어……?'

입구에는 스태프인 듯한 사람이 있어서 설명을 해 주었다.

"안쪽에 신사가 있으니 그리로 가서 소원을 빌면 소원이 이루
어집니다. 단, 중간에 다양한 장해가 있으니 돌파해 주세요!"

"헤에……."

유원지의 어트랙션 게임 같은 건가. 아니 그런데, 이세계에서도 신사야?

이 세계는 여신님이 지배하는 세계일 텐데.

'깊게 생각하지 말자.'

우리는 돌이 깔린 길을 따라 숲속을 나아갔다. 정비되어 있어서 걷기 편하다.

대삼림과는 전혀 다르다.

"마코토~." "타카츠키☆"

정정. 양쪽에서 루시와 사사에게 당겨지고 있어서 이보다 걷기 힘들 수 없다.

느긋하게 걷고 있자,

"크앙~!"

인위적인 울음소리와 함께 마물(?)이 나타났다!

땅딸막한 몸통에 털실 같은 털이 나 있는 마물.

언뜻 보기에 커다란 탈인형으로 보인다. 별로 무섭지 않다.

"큰일이야! 마코토, 마물이야!"

"타카츠키! 해치워 버릴게!"

루시가 지팡이를 겨누고, 사사의 눈이 날카로워진다.

"잠깐 기다려! 저건 아니야!"

아무리 봐도 마물의 탈인형이거든!

시골 유원지에 있을 법한 낡아빠진 마물 탈인형을 입은 스태프가 "크앙~ 크앙~!" 하고 떠들고 있었다. 조금 귀엽다.

"큰일이에요! 마물이 나타났습니다! 거기 오빠! 멋지게 퇴치해 주세요. 자, 이것이 무기입니다."

어느새 나타난 스태프가 무기를 건네준다.

'죽도?'

검도에서 쓰는 그거였다. 아니, 여기 완전 일본이잖아.

일단은 건네받은 죽도로 응전했다.

팡! 하고 귀여운 소리가 난다.

'저기~ 이게 전력을 낸 건가요?'

탈인형 안에서 미안한 듯한 질문이 나왔다.

'죄송해요, 전력입니다.'

여자들한테도 질 정도의 근력이라서.

"마코토! 떨어져! 내가 할게."

지팡이를 든 루시의 머리 위에는 집채만 한 파이어볼이 떠 있다.

"타카츠키! 내가 해치울게!"

그 파이어볼에 시지 않을 만큼 커다란 바위를 들어 올린 사사가 옆에 있다.

"히이이익! 죽는다아~!"

마물 탈인형은 비명을 지르며 도망쳤다.

죽도를 건네준 스태프도 함께 도망쳤다.

"어라?" "어어?"

루시와 사사가 고개를 갸웃하고 있다.

우리 파티의 여성들이 강해서 미안합니다.

'과연~ 이런 시설이구나.'

그 후로도 스태프가 준비한 마물(가짜)이 찔끔찔끔 등장했다.

원래는 그것을 남성 손님이 화려하게 격퇴해서 여성의 하트를 꿰뚫는 거겠지.

"메테오."

루시의 마법으로 거대한 바위가 크레이터를 만들고.

"으랏."

사사의 주먹이 큰 나무를 후려쳐 쓰러뜨렸다.

"""……"""

마물 탈인형을 쓴 스태프들은 뿔뿔이 도망쳐 버렸다.

엉망이 됐다.

'다음부턴 여기 출입을 금지당할 것 같아…….'

그런 생각을 하면서 숲 안쪽으로 나아가자 키의 두 배는 될 듯한 거대한 슬라임이 나타났다.

'이건 진짜 마물이군.'

전부 가짜는 아닌 건가. 그런데 처음 보는 마물이다.

공략 방법이 뭐였지?

"커다란 슬라임!?"

사사가 황급히 자세를 취한다.

"괜찮아, 마코토, 아야. 이놈은 젤리 슬라임이라서 위험도는 0이야."

"아아, 생각났다."

젤리 슬라임은 분명 뿔토끼와 비슷하게 약한 마물이다.

보통 바다의 얕은 모래톱에서 해초 같은 걸 먹으며 사는 초식 마물.

왜 이런 육지에 있는 거지?

"일단 해치울게!"

사사가 주먹을 겨눈다.

'아!'

"아야, 안 돼!"

루시가 막았지만 때는 이미 늦어.

옛날 물의 신전에서 배운 것을 떠올렸다.

──젤리 슬라임은 매우 약하지만 물리 공격은 하지 않는 편이 현명하다.

왜냐하면…….

"에잇!"

──철퍽!

거대한 젤리 슬라임이 터져 날아갔다.

"우옷!" "어푸!" "히약!"

젤리 슬라임의 파편이 질척질척한 물체가 되어 우리에게 쏟아진다.

"왁, 이게 뭐야. 미끌미끌하잖아!"

"으에에…… 옷에 들어갔어~. 미끌미끌해, 타카츠키."

산 지 얼마 안 된 루시와 사사의 새 옷이 점액으로 범벅이 됐다.

안 그래도 몸에 달라붙어 있던 옷이 더욱 두 사람의 신체 라인을 강조하고 있다.

안 돼, 이건 안 되는 거다.

"마코토?" "타카츠키?"

"어, 어서 가자!?"

목소리가 뒤집어졌다.

'안 돼, 보면 안 돼!'

명경지수, 명경지수……

"저기, 마코토. 이 모습 그대로 가는 거야?"

"타카츠키, 갈아입을래~."

두 여성에게서 클레임이 들어왔다.

"……그러네."

유감스럽지만 이 어트랙션은 여기서 포기할까. 그렇게 생각하고 있는데,

"이런! 여러분, 젤리 슬라임의 파편을 뒤집어쓰고 만 겁니까! 그거 안 되지요, 안 되고말고요!"

우웃! 뭐야, 여기 스태프, 매번 갑자기 등장하잖아!

여성 스태프가 손을 끌어당긴다.

"자, 여기 세 분 들어갑니다~."

"네, 세 분, 안내요~."

안내받은 곳은 작은 오두막이 늘어서 있는 장소였다.

"저기, 여기는?"

"두 시간까지는 요금에 포함되어 있습니다. 숙박은 추가 요금을 받습니다."

설명이 안 되잖아!

하지만 우리는 모두 옷이 점액투성이여서 다른 방법이 없다.

상세한 내용은 못 들었지만 우리는 오두막 중 하나로 안내받아 들어갔다.

안은 간소한 호텔처럼 되어 있었다.

다만, 신경 쓰이는 점이…….

"있지, 타카츠키……. 여기 말이야."

"아~ 응. 사사……."

"왜 그래? 아야, 마코토. 귀여운 방이네."

루시는 딱히 의문으로 여기지 않는 듯하다. 두리번두리번 방 인테리어를 돌아보고 있다.

핑크색을 기조로 한 인테리어.

어둑어둑한 방을 비추는 간접 조명.

향이 피워져 있는지 달콤한 향기가 가득 차 있다.

그리고 방 중앙에 있는 킹사이즈의 휘장 달린 침대.

'이거, 러브호텔 아냐……?'

물론 동정인 나는 간 적 없지만. 인터넷에서 봤다고, 이런 방!

연을 맺어 준다고 했는데…… 이거 물리적으로 맺어 주려는 거 아닌가요? 운영자 씨.

"이거 봐, 아야. 욕조가 있어."

"이봐! 루시, 갑자기 벗지 마!"

"마코토, 저쪽 보고 있어."

"먼저 말을 하라고!"

황급히 뒤로 돈다.

보려고 하면 [RPG 플레이어] 스킬의 '시점 전환'으로 뒤쪽도 볼 수 있지만.

　"나도 들어가야지. 타카츠키도 같이 들어올래?"

　"사사, 바보 같은 소리 하지 마."

　"농담이야, 농담."

　사사가 장난스럽게 웃고 있다.

　곧바로 벗느라 옷 스치는 소리가 들려왔다.

　보, 보지 마……. 볼 수 있지만, 보지 마.

　사사와 루시가 꺅꺅대며 욕실로 들어갔다.

　얼마 안 있어 찰박찰박 물 튀기는 소리가 들려온다.

　"와, 루, 가슴 크다."

　"그냥 보통이잖아. 아, 만지지 마!"

　"와~ 부드러워~. 치사해. 이걸로 타카츠키를 유혹하는 거구나. 이얍이얍."

　"앗! 덤볐다 이거지! 아야는 마코토랑 옛날부터 아는 사이잖아! 네가 더 치사해. 에잇에잇!"

　"잠깐, 루, 힘 너무 세…… 앙! 에잇!"

　"으읏! 아야, 만지는 거 너무 능숙하지 않아?"

　"루가 만지는 게 더 야하거든!"

　그런 두 사람의 목소리가 들려왔다.

　'이게 무슨 대화야…….'

　계속 대화를 듣고 있었더니 머리가 이상해질 것 같아서 들리지 않도록 욕실에서 떨어졌다.

'나는 어떡할까.'

방에 혼자 남겨졌다.

뭐, 여자아이가 먼저 욕실에 들어가는 건 괜찮지만, 둘이 나올 때까지 너무 한가하다.

'아니, 잠깐?'

"정령님, 정령님."

부른다.

"물 마법 : 워터 볼."

마법으로 불러낸 물을 머리부터 뒤집어쓴다.

젤리 슬라임의 파편을 씻어낸다. 더러워진 물은 밖에 버렸다.

하는 김에 물 마법으로 옷도 말린다. 전부 깨끗해졌다.

'잘 생각해 보니 나는 욕실에 들어갈 필요도 없었네.'

욕실에서 여자들의 즐거운 목소리가 들린다.

둘만 있을 때는 평범하게 사이가 좋구나. 셋일 때도 사이좋게 지냈으면 좋겠는데.

"있지, 마코토가 쓸쓸해하지 않을까."

"그러네, 타카츠키~. 같이 들어올래~?"

"마코토! 들어와도 괜찮아."

"안 들어가!"

제길, 못 들어갈 줄 뻔히 알면서 놀리고 있어!

나는 세 명 정도는 같이 누울 수 있을 것 같은 거대한 침대에 풀썩 드러누웠다.

'……이번 대미궁 탐색은 힘들었지.'

하지만 수확은 컸다.

사사와의 재회.

정령 마법을 사용했던 불길한 용과의 전투.

그리고,

'노아 님의 진짜 목적을 알았어.'

──이 세계를 전복시킨다.

성스러운 신이 지배하는 이세계에서. 꽤나 장대한 목표다.

'과연 그런 일이 가능할까……?'

허들이 너무 높아서 아직 딱 와 닿지 않는다.

하지만 이번 대미궁 모험은 일단은 성공이었다.

한 걸음씩 나아가자. 그건 그렇고,

'여러 일이 있어서 그런지 피곤하군…….'

계속 대미궁에서 모험을 하고.

마지막 날에는 술집에서 떠들었으니, 느긋하게 침대에 눕는
건 오랜만이다.

점점 눈꺼풀이 무거워졌다.

눈을 감자 곧장 수마가 덮쳐 왔다.

노아 님의 꿈은…… 꾸지 않았다.

'……잠이 들었었나.'

이런. 분명 2시간이 지나면 연장 요금이랬지?

"일어났어? 타카츠키."

왼쪽을 보자 사사가 키득키득 웃고 있다.

"어, 미안. 자 버렸네."

사사와 루시에게 사과한다.

"괜찮아. 마코토가 피곤해 보여서 깨우지 말자고 아야랑 이야기했었어."

오른쪽에는 루시가 턱을 괴고 미소 짓고 있었다.

"루시, 미안. 신경 쓰게 해서."

졸린 눈을 비비고 상반신을 일으켰다. 뭔가 위화감이 있다.

"별일이네, 마코토가 그렇게 푹 자다니."

루시가 내 머리카락을 만지작거린다. 간지럽다.

"루는 항상 타카츠키랑 자?"

"자다니…… 아야, 그런 뜻이 아니야. 모험 중에도 마코토는 얕게 자니까 이렇게 깊이 잠드는 건 드물다는 것뿐이야."

"흐으음."

"뭐야."

"나도 타카츠키랑 자고 싶다~."

"지금 같이 누워 있잖아."

"아, 그러네."

키득키득 웃는 두 사람. 뭘까? 꽤나 사이가 좋다.

지금까지와 뭔가가 다르다.

"루시, 사사. 저기 있잖아."

"잘 잤어? 타카츠키." "아직 졸려 보이네."

두 사람의 시선이 나에게 모인다.

그건 괜찮지만…….

"왜 옷을 안 입고 있어?"

사사와 루시의 몸은 시트에 숨겨져 있지만.

어깨는 훤히 드러나 있고 가슴팍까지 맨살이 보이니, 적어도 상반신은 아무것도 입고 있지 않다는 걸 알 수 있다.

"그야 욕실에서 나온걸, 타카츠키."

"옷은 말리는 중이야, 마코토."

"아, 아아……."

그렇구나, 둘의 옷도 젤리 슬라임의 파편으로 끈적끈적했지.

아니, 하지만 이 상황은 곤란하잖아!

러브호텔(?) 같은 방에서 알몸인 여자아이와 침대 위에서 밀착하고 있다고!

"그럼 너희 옷도 물 마법으로 말려 줄게. 그러고 나면 나가자."

나는 사사와 루시 쪽으로 시선이 가지 않도록 침대에서 내려가려고 했다.

"타카츠키, 무슨 말이야?"

"설마 이 상황에서 아무것도 안 할 생각이야?"

사사와 루시, 둘에게 양팔을 붙들렸다.

"……………엉?"

잠깐 기다려! 너희 대체 무슨 소릴 하는 거야!

'이상해…….'

나는 둔감하지 않다.

루시와 사사가 내게 적잖이 호의를 가졌다는 건 알고 있다.

'정말~?'

노아 님! 트집 잡지 말아 주세요!

하지만 이 갑작스러운 전개는 무언가 이상하다.

"응? 타카츠키."

사사의 서늘한 오른손이 내 뺨을 쓰다듬는다.

"마코토……."

루시의 체온이 높은 손가락이 내 쇄골 부근을 따라 움직인다.

오싹오싹 하고 등줄기를 뭐라 표현할 수 없는 쾌감이 훑고 지나간다.

'왜 오늘은 이렇게 적극적이야!?'

지금까지와 전혀 다르다. 게다가 아까까지 루시와 사사는 서로 으르렁거린다는 표현이 어울리는 쪽이었는데, 지금은 협력하듯이 나에게 달라붙는다.

'마코토, 마코토. 방에 붙어 있는 안내문을 봐.'

노아 님의 목소리가 들렸다. 안내문?

확실히 방 입구 근저에 이 오두막의 관리자가 쓴 듯한 주의사항이 붙어 있었다. 그중 한 줄에,

──이 방에는 관능적인 기분이 될 수 있는 향이 피워져 있습니다.

'그거 탓이냐!'

확실히 방에 들어온 순간 달콤한 냄새가 났다.

루시와 사사의 얼굴을 다시 보니, 둘 다 얼굴이 붉어지고 흐리

멍덩한 눈을 하고 있다. 아무래도 이 방에 야릇한 기분이 되는 향의 효과에 걸려 있는 듯하다.

"아니, 잠깐."

깨닫고 보니 두 사람이 옷을 벗기려 하고 있었다.

루시와 사사에게 걸쳐져 있던 시트가 떨어지고 간접 조명으로 밝혀진 어둑어둑한 방에 둘의 하얀 나체가 흐릿하게 떠오른다.

"자, 마코토도 옷 벗어."

"타카츠키, 벗겨 줄게."

둘 다 힘이 세잖아!? 아니, 내가 너무 약한 건가…….

눈 깜짝할 사이에 상의가 벗겨졌다.

"와, 타카츠키 옛날보다 근육이 붙었네."

"……아야는 마코토의 알몸을 옛날부터 봤어?"

"후후훗, 중학교 때는 수영 수업도 같이 했으니까~."

"그, 그때에 비하면 단련을 했을지도……."

중학교 시절은 귀가파여서 계속 게임만 했으니까 몸이 비실비실했다.

지금도 그렇게 변하지는 않았지만 상당히 건강해졌다고 생각한다.

'아니, 이런 소릴 하고 있을 때가 아니라고!'

"……읏!"

가, 간지러워!

사사의 몸이 내 몸 위로 올라왔다.

"자, 잠깐, 사사?"

당황해서 도망치려 했지만 이어서 루시의 몸이 덮쳐 왔다.

"마코토는 지난번에 물을 끼얹고 있는 내 알몸을 봤잖아. 이번에는 내 차례야."

그렇게 말하면서 루시의 혀가 내 목덜미 부근을 핥았다.

"흐읏."

한심한 비명을 지르고 말았다.

"타카츠키, 이상한 목소리야~."

"마코토도 참, 귀여워~."

요염한 미소를 띠며 두 사람이 더욱 바짝 다가온다.

아, 안 돼. 내가 굳어져 있자 공중에 글자가 둥실 떠올랐다.

[두 사람과 ○○하겠습니까?]

네

아니오

이봐! 무슨 선택지를 띄우는 거야!

'이대로 흐름을 타 버릴까……?'

안 돼! 두 사람은 소중한 동료야!

이런 수상한 향의 효과로 그런 관계가 되어선 안 돼!

'에엑~ 마코토 겁쟁이~. 차려진 밥상을 걷어차는 거야~?'

에에잇! 노아 님, 시끄러워요!

이건 내 선택지야! 내가 고르는 거라고!

"잠깐 기다려!"

나는 황급히 침대에서 내려와 향을 창문으로 던져 버렸다.

물 마법 : 안개!

환기 대신 물 마법으로 안개를 일으켜 향의 냄새를 없앴다.

달콤한 향기가 사라져 간다.

그리고 루시와 사사의 흐리멍덩한 눈이 정상으로 돌아왔다.

"어?" "어, 어라?"

두 사람이 얼굴을 마주 본다.

침대 위.

루시와 사사는 알몸.

""꺄아아아아아악!""

――비명이 울려 퍼졌다.

"저, 저기~ 사사? 루시."

두 사람이 제정신으로 돌아왔다.

둘의 옷을 내가 물 마법으로 말리고.

그 후 갈아입을 때까지 밖에 나가 있었다.

그리고 현재. 둘은 머리를 얼싸안고 방구석에 웅크리고 있다.

"으으……. 내가 왜 그런 짓을……."

"아아……. 어머니 같은 방식으로 유혹해 버렸어……."

두 사람이 머리를 얼싸안고 중얼거리고 있다.

뭐, 냉정을 되찾아 줘서 다행이다.

"이 방에 피워져 있던 수상한 향 때문인 것 같으니까."

무릎을 세우고 앉아 있는 두 사람에게 말을 건다.

참고로 복장은 원래 옷으로 돌아가 있다.

"으으~ 타카츠키, 봤지?"

"또, 또 보이고 말았어……. 두 번째야, 나는."

"괜찮습니다, 아무것도 안 봤으니까요."

""거짓말~!""

거짓말입니다.

그후 둘을 달래면서 후지양과 니나 씨가 있는 숙소로 돌아왔다.

"오오! 타키 님. 아침 귀가요?"

"우후후, 어젯밤은 즐거우셨나 보네요."

""!""

루시와 사사가 후지양과 니나 씨의 말에 과잉 반응을 한다.

니나 씨, 어떻게 그런 걸 알고 있는 거예요?

돌아가는 비공선.

후지양과 니나 씨에게 아침에 귀가했다고 놀림받았다.

루시와 사사는 밥을 먹고 나자 기운이 난 듯했다.

하지만 나와 눈을 마주치자 얼굴이 새빨개져서 시선을 피했다.

그래도 뭐 금방 원래대로 돌아오겠지.

나는 비공선 난간에 기대 먼 곳의 경치를 바라보았다.

'평화롭네.'

"타카츠키……."

사사가 다가왔다. 내 옆에서 난간에 푹 하고 기댄다.

약간 얼굴이 빨갛다. 아직 쑥스러워하고 있는 건가.

"바람이 기분 좋네."

"으, 응……. 경치를 보고 있어?"

'그러고 보니 비공선으로 올 때 사사와 함께 이세계의 경치를 볼 수 있었으면 얼마나 좋았을까 이야기했던가?'

꿈이 이루어졌다.

"왜 그래, 타카츠키? 왜 싱글싱글 웃고 있어?"

"어? 아아……. 사사와 함께 돌아갈 수 있는 게 기뻐서."

"헥!? 그, 그렇구나!"

응? 나 뭐 이상한 소리는 안 했지?

""…….""

잠시 동안 침묵이 이어졌다.

뭔가 분위기에 어울리는 말을 하는 편이 좋을까?

뭐, 하지만 사사를 상대로 괜히 신경을 쓰는 것도 이상한가?

녹색 경치가 끝없이 이어진다.

"마코토, 후지양 씨가 차 마시재. 아야, 케이크 준비해 났대."

"진짜? 와아~."

사사가 타다닥 달려갔다.

그 모습을 흐뭇하게 보고 있다가 루시가 빤히 쳐다보고 있다는 것을 깨달았다.

"마코토, 즐거워 보이네?"

"그런가?"

"아야랑 같이 있어서 기뻐?"

"그래. 예전 세계부터 얼마 안 되는 친구니까. 같이 돌아갈 수 있는 건 루시 덕분이야."

그렇게 말했을 때 크게 바람이 불었다. 비공선이 바람을 맞아 선체가 기운다.

"꺅."

"어이쿠."

루시가 이쪽으로 쓰러질 뻔해서 어깨를 붙잡고 당겨 안았다.

손에 높은 체온이 전해진다. 대현자님에게 받은 팔찌는 차고 있는 모양이지만 체온은 여전하구나.

"고, 고마워…… 마코토."

루시의 얼굴이 코앞에 있다.

기울었던 배는 이미 원래대로 돌아왔는데 루시는 나에게 몸을 맡긴 채 떨어지지 않는다. 무리하게 떼어 내는 것도 이상한 느낌 이라서 우리는 밀착한 채 말이 없어졌다.

""…….""

어라, 언제까지 이렇게 있어야 하지? 자연스럽게 떨어질 타이 밍을 모르겠다.

"아~ 잠깐 눈을 떼면 새치기를 하고 있다니까!"

사사가 돌아왔다.

"무, 무슨 새치기!"

"자! 루, 가자!"

사사가 루시를 끌고 갔다.

두 사람은 말다툼을 하면서도 사이좋게 손을 잡고 선내로 들어 갔다.

일단은 잘해 나갈 수 있으려나?

　문득 쳐다보니 먼 방향에 거대한 푸른빛이 펼쳐져 있었다.

　로제스의 중심에 있는 [시메이 호수]다. 호수 근처에 우리가 사는 맥캘란 마을이 있다.

　나는 이세계에 온 뒤로 처음으로 떠난 원정에서 반 친구 한 명과 재회하고 무사히 돌아올 수 있었다.

　——여신님의 인도에 따라.

　이번 모험은 성공이었던 걸까? 노아 님이 보기에.

　다시 비공선에서 보이는 경치를 바라본다. 넓은 세계가 끝없이 이어져 있다.

　시야 닿는 곳 전부 녹색과 산맥. 그리고 보이지 않는 곳, 가 본 적 없는 곳 전부가.

　'성신족의 것이고, 노아 님에게는 적의 진지…….'

　노아 님의 사도인 나는 세계의 적이다.

　"앞날이 멀구나……."

　목표는 현기증이 날 정도로 멀다.

　——그렇기 때문에 공략하는 보람이 있지.

　나는 그렇게 중얼거리고, 비공선 갑판을 뒤로 했다.

후기

오사키 아이루입니다. 1권을 읽어 주신 독자님 및 〈소설가가 되자〉에서 읽어 주시는 독자님, 항상 고맙습니다. 2권부터 시작하신 독자님은, 처음 뵙겠습니다. 이번에 무사히 「신자 0명 여신님」 2권을 낼 수 있었습니다.

지난번에 이어 소소한 이야기를. 저는 일본인 캐릭터의 이름을 지을 때 최대한 부르기 쉬운 이름을 지으려고 노력합니다.

이번 히로인인 사사키 아야, 애칭 '사사'. 출처는, 현실 친구 중에 '스즈키' 가 있는데 '스즈' 라고 부릅니다. 그것을 어레인지했습니다. 참고로 스즈라고 부르는 지인은 네 명이나 있으니 이미 일반 용어겠죠? (궤변)

2권에서는 주인공 마코토의 옛 반 친구들이 몇 명인가 재등장했습니다. 1권에서는 주요 반 친구 캐릭터가 후지양뿐이어서 모처럼의 반 전체 전이를 살리지 못했습니다. 앞으로 조금씩 반 친구들의 출연을 늘려 가서 동창회 이벤트라도 할 수 있으면 좋겠다고 생각합니다.

다만 반 친구 캐릭터를 한 명 한 명 만드는 게 어려워서……

열심히 하겠습니다.

　마지막으로, 지난번에 이어서 이번에도 멋진 일러스트를 그려 주신 Tam-U 님, 여러 가지로 조언해 주신 편집자 Y 님, 감사합니다.
　그리고 독자 여러분, 앞으로도 「신자 0명 여신님」을 즐겨 주시면 기쁘겠습니다.

신자 0명 여신님과 함께 시작하는 이세계 공략 2

2022년 08월 25일 제1판 인쇄
2022년 09월 01일 제1판 발행

지음 오사키 아이루
일러스트 Tam—U

옮김 박수진

발행 영상출판미디어(주)
등록번호 제 2002-000003호
주소 21315 인천광역시 부평구 부평대로 283 A동 702호
전화 032-505-2973(代) | FAX 032-505-2982

ISBN 979-11-380-2304-7
ISBN 979-11-380-1661-2 (세트)

ⓒ2019 Isle Osaki
First published in Japan in 2019 by OVERLAP, Inc.
Korean translation rights reserved by YOUNGSANG PUBLISHING MEDIA, INC.
Under the license from OVERLAP, Inc., Tokyo JAPAN

구매 시 파손된 도서는 구매처에서 교환하실 수 있습니다.
기타 불편사항, 문의사항이 있으신 독자님께서는 노블엔진 홈페이지
[http://novelengine.com] 에서 Q&A 게시판을 이용해 주시기 바랍니다.

노블엔진(NOVEL ENGINE)은 영상출판미디어(주)의 라이트노벨 및 관련서적 브랜드입니다.